河童異聞記

Kappa
Strange
Tales

西條登志郎

文芸社

まえがき

福河童の水彩画で有名な萩原光観《はぎわらこうかん》（楽一《らくいち》）画伯（一九二五〜二〇〇七）に出会ったのは、東京浅草でありました。

河童界の女性の容姿は、この方の描くファッション画によってすっかり変わってきたと思います。画伯は、女性の河童を可愛らしく、ほぼ人間として描かれました。男の方は、昔のスタイルですが、愛嬌のある姿です。

画伯と、業務用の調理器具や食器を多く扱う「合羽橋《かっぱばし》商店街」を歩いていた時。交番の中にまで画伯の河童がおりまして、驚きました。しかし、もっと驚いたのは、画伯はカッパだったんです。

画を依頼しに伺ったら、その代金以上する、私の大好きな作家の陶器を、合羽橋商店街の陶器店で買ってくれたのには驚きました。面食らいました。これは人間の付き合いじゃないと私は思いました。カッパの気持ちを、まず理解しなければ付き合えないと覚悟をいたしました。

それだけではありません。浅草の交番に勤務している警察官とおぼしき姿をしている人物も、カッパだったんです。それが分かったのは、私が何か尋ねようとする前に外に出てきて、「どうしたの」なんて先に聞くんです。

カッパの目線は人間の下から、見上げるような構えだから、この辺りを「下待ち」（下町）というのかな。春先は歌舞伎も上演されるという、浅草公会堂の近道を聞こうと思って交番に寄ったのでしたが、「今日は、誰が出演するんだっけ」なんて逆に聞かれたのでした。それも「俺、昔から友達だよね」というような態度で。

浅草界隈では、住んでいるのはカッパの方が人間より多いのだと思います。戦前、私は銀座の「奥屋敷」という、ちょっと馬鹿にされた地域に住んでいた時分がありました。それでも親からは「気取って、気張って」とよく言われて、鼻なんか垂らしているとよく怒られたものでした。浅草なら、河童の得意な手鼻の一つも教えてくれるところだろうにと、昔を思い出しました。

こんな、多くのカッパ達との交友関係の中で聞き及んだものをまとめようと思い立ち、集約したものがこの本であります。

お断りしておきたいのですが。カッパと発音する文字が、訳あって、本文では文字を四種類に分けています。

一、河童……人間が夢の中で育てた河童です。

二、カッパ……正体は人間ですが、河童と交遊できる人間のことです。

三、合羽……英語のケープ。ポルトガル語ではカッパと発音します。

四、かっぱ……カッパと言われる原因を作った張本人。

（注）カッパと発音のみの場合も、念のためカッパと書きますが、傍線を引いておきます。

目次

1　河童の憂さ晴らし

今更、わが愛すべき河童のルーツを、私がお話しすることもないくらい、多くの先人達が、その研究の成果を書物に残しておられます。古くは、民俗学の大家が、幾重にもその研究の成果、あるいは、その思い当たる結果を発表され、今や私如き閑古鳥が出る幕はなかろうと思っておりました。

しかし、あろうことか最近、芥川龍之介氏（一八九二〜一九二七）が書き残した「河童の名誉を回復してくれ」という河童の要望記録に接しまして、それなら及ばずながら、少々河童達のお力になろうと思い立った次第であります。

そもそもの原因は、あの俳聖・松尾芭蕉殿（一六四四〜一六九四）の俳句にあるのです。

芭蕉殿が、蛙如きを重んじ河童を疎んじたために、河童が幽霊となって芥川殿の夢枕に立ち、なんとかして我々河童族の名誉を回復してくれとの依頼があったと、芥川氏が言うのであります。

芥川氏によると、何とあの有名な、

古池や　蛙《かわず》飛び込む　水の音

の一句が、蛙族と河童族の仲違いの大きな原因だというのです。

そう言えば芭蕉殿は蛙の俳句を詠まれましたが、河童については、一句も詠まれていないようです。

何故、河童が俳句にこだわるか不思議に思われることでしょうが、実は、河童は俳句が大好きなのであります。

芥川氏には河童界の名士を通じて、河童界についてのいろいろな情報を提供して、大いに潤って頂いたが、河童族は、何の見返りも頂いていないと言うのです。これは、義理堅い河童の世界では、通用しない道理であると憤慨しているとのことであります。

なんとか河童族の名誉を、筆の力をもって回復してくれと頼まれた芥川氏ではありますが、残念ながら彼は俳人ではないので、大変苦慮しておられたと伺っております。


我々人間界の常識では、それは河童の思い違いによるもので、言うなれば、それは河童自身が芭蕉師に言うべきことではなかったかと思います。しかし、たまたま私がこの間、夢の小路を河童連れで歩いていたところ、芭蕉師と偶然出くわし、思わず声を掛けさせて頂き、河童達のいらだちのあることを伝えたところ、芭蕉師は、自分達の品のなさを棚に上げて何ということを言うかと、大変ご立腹なされたのでした。

腹立ちまぎれに、いっそ同じ「古池や　蛙飛び込む〜」の「かわず」を「河童」にしたらどうなるかと言われました。

古池や　河童飛び込む　水の音

水の音が「ばしょーん」と聞こえて、「まるで芭蕉である私が池に落ちた感じじゃないか。仕方がないから、同じ十七音にこだわるならば一句、これ」と、「古池や　カッパ飛び込む～」と同じ十七音を使って、「アナグラムでもう一句作ろうじゃないか、それっ！」。

古漬けや　河童いと美味　好む味

「どうだ」と芭蕉師が私の連れの河童に言ったところ、「これじゃ俺達がまるで食われてしまいそうな句じゃないか」と、取り巻きの河童共々、連れの河童も逃げ出していきました。

逃げていくときに、腹立ち紛れに「後は頼む」と仙厓《せんがい》和尚（一七五〇～一八三七）に頼み込んで、河童達は芭蕉を古池に投げ込んだのだそうです。それを見ていた仙厓和尚が一句。

古池や　芭蕉飛び込む　水の音　　仙厓

何とこの句が、河童に頼まれて本当に仙厓和尚が作った句であります。「バショーーーン」という音を聞いて、河童達はしてやったりとばかり、手を叩いて逃げていきました。

それからは、河童達の文句は一切なくなったようです。

2　仙厓和尚と河童

かっぱが日本に入ってきてから、ちょうど二〇〇年経過した頃に、禅僧の仙厓和尚が誕生します。この禅僧は、禅画で仏様や人物、また河童、蛙、魚などを描いています。

しかしその全ての絵が河童に見えてしまうのは、私の目が化かされているせいでしょうか。逆に私は、仙厓和尚は河童しか描かなかったとさえ思えてしまうのです。ともかく仙厓和尚は、河童の味方のようです。

江戸時代の川柳に、

芭蕉殿　ポチャンといえば　立ち止まり　作者不明

とからかわれるようになり、芭蕉殿が鬱になったとか。

古池へ　とばず残った　ひきがえる　　井上剣花坊《けんかぼう》

川柳作家の名作（?）、さすがひねっていますねぇ。

枯れ池に　蛙飛び込み　骨の音　　作者不明

こんなのは河童が喜ぶかな。しかしここまで来ると、かえって蛙が気の毒ですね。いわれのないとばっちりとしか言いようがない。

ところで皆さん、仙厓禅師の河童の世界のお魚、ご覧になられましたか。お魚も河童なんです。

①は河童さんの絵です。お色気たっぷりでしょう。

②お魚も河童さんになりました。

仙厓が描いた河童①

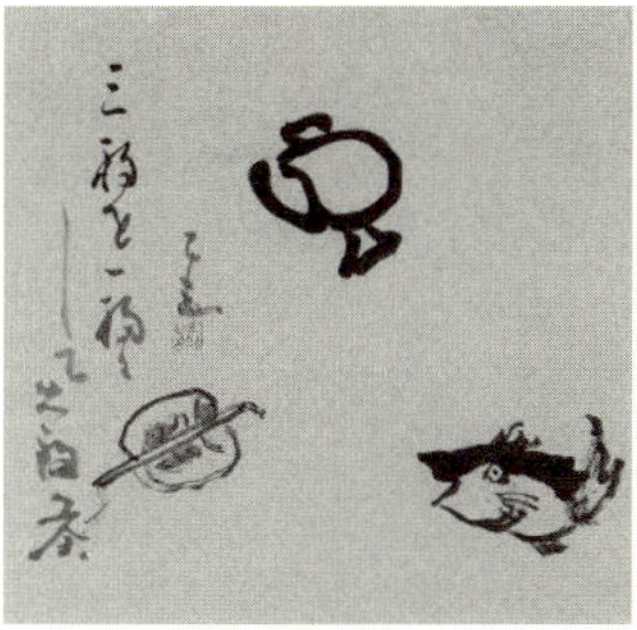

仙厓作「三福神画賛」②

3　芥川龍之介氏の河童の世界について

芥川龍之介氏の描いた河童は、とても面影が芥川氏ご自身に似ています。河童のイメージは、描く人それぞれ特徴があって面白いのですが。

芥川氏によると、河童はカメレオンのように、日本の東の方に行くと赤い色になり、西の方に行くと緑色に変身するとおっしゃいます。お腹には、カンガルーのような袋があるともおっしゃいます。有袋動物説は、芥川氏独特のお考えのようです。生まれてすぐに歩いたり、話をすることができるのだそうです。衣類を纏わないから、やはり人間とは一線を画すとお考えのようです。

また、河童にはあまり善悪感はないのだそうです。詩人の河童は髪を長くするというから、骨だけの雨傘のような形の頭部になります。いたるところ雄の河童ばかりのせい

芥川龍之介が描いた河童

か、色恋の話は豊富なのだとか。

4　かわうそと芭蕉師について

関わりついでに、芭蕉師は河童の俳句をお詠みにはなっていなかったと思います。明治から昭和初期の画家、小川芋銭《うせん》氏（一八六八～一九三八）を始め多くの方が、河童と「かわうそ」については別物として記述され、また絵に描かれたりしています。

古来、川辺に棲む小動物として、河童とかわうその深い関連性を考える人がかなりおいでです。

かわうそは、捕獲した獲物を直ぐには食べないで、巣の上や大きな石の上や川縁に並べてうれしがるかのような習性があり、これを人々が「獺祭《だっさい》」と呼んでいたといいます。今では、日本酒の銘柄になっていいます。河童忌（芥川龍之介の忌日）には欠かせないお酒

小川芋銭作「獺祭」

なのかもしれないようです。

彼《か》の松尾芭蕉師も、元禄三年（一六九〇年）一月、かわうそを題材にして俳句を詠んでいます。

獺の　祭見て来よ　瀬田の奥

5　河童の生死について

私が子供の頃は、都会でも野良猫はやたらと多かったのです。町中にゴミ箱があって、猫達の餌場になっていました。

猫達は、自分の生涯を終えるときは、人間に見つからないところで死んでいくのだと母親から教えられたことがあります。子供の頃の記憶では、自分の始末をちゃんと考えているなんて、私よりも猫の方がしっかりと自立しているんだなあと、感心したことを覚えています。

河童は、昇天するときは地上にその姿を残さないと言われております。死に際しては、まずドロドロに液化して、しばらくしてから気化して天に昇ると言われているのです。聖なる生き物として、先人達は河童を大切にして参りました。

河童は生まれてくる前に、体内で神様から、生まれた後の覚悟を再確認されるといいます。河童は、魂においては死というものを経験したことはないと言われています。全ての河童は、幾つかの転生の記憶を持っています。ことに生まれる直前に、人生ならぬ「河童生」の、前世での後悔と願いを持って、生まれるときに準備を整えているというのです。

またそのときに、河童の父親もまた、母親の産道に耳を着けた父親が、生まれてくる子供に覚悟のほどを聞くのです。たまには、前世で大きな失敗をして、生まれてくることをためらう河童もいると聞いています。生まれるか、止めるかの選択権は、本人の意志に任せられているようです。中止する意志が強い場合は、体は、ガス状になって昇天してしまいます。文字通り「屁の河童」の状態となってしまいます。

ちなみに河童は、あの世に行くときは、人間のようには苦しまないのです。ですから、困ったことに自殺が多いのです。人間界が住みにくくなると、河童の数が急に減るのも、お分かり頂けることと思います。

古いお寺さんに、河童さんの亡骸というものが保存されているようですが、私は、それらが作り物であると申し上げるような、夢のないことは申し上げません。人は夢を大切にしなければなりません。きっと生前に魔が差して、人々にイタズラをしすぎたため、昇天し損なった河童なのかもしれません。

しかし、ご住職から大切に供養されているに違いないと思います。

6　河童のいたずらについて

河童伝説が伝えられる地方には、妖怪じみた生物がかなり多く登場します。いたずらをする、悪さをして、人に迷惑をかけるという伝説が圧倒的に多くあります。ことに、気候の変動で山の動物達の餌がなくなることが頻繁にあります。妖怪が人里に下りて来て、田畑を荒らすという話も多く聞きますが、あまり川辺の動物達が人間に大きな被害をもたらすということは考えられません。河童のせいにされるのは、甚だ迷惑であります。

敢えて申し上げれば、妖怪の心を持った人間の方が怪しいはずです。

7　河童の妖力について

河童は、本来「化身の術」を持っていますが、これは妖力ではないのです。名誉のために申し上げますと、むしろ霊力なんです。

妖怪には、妖力というものが備わっていなければなりません。大体において妖怪とは、正体がはっきりしない上に、人間の力を奪う能力を持っていて、人間を操る者のことを言うのであります。もうこの辺で、私の申し上げる「河童の正体」をはっきりと申し上げなければならないのですが、もう少々お待ちください。

馴染みのある日本の小動物で、妖力を使うことのできるのは、狐くらいでしょう。しかし、容姿がはっきりしているので妖怪ではありません。

狐に妖力がある証拠として、私の祖父は、祖母との祝言を挙げた晩に、越後の古い習慣に従って、祖母の実家からご馳走を重箱に入れてもらい、一人で夜道を歩いて帰る途中、妙齢のご婦人に化けた狐に、追い越しざまに振り返って挨拶をされた途端に化かされ、食べ物を奪われ、田んぼにはまり泥だらけになって、朦朧状態で自宅に戻ったと祖母から聞かされたことがあります。恐怖心を巧みに利用した狐の仕業だともっぱらの噂だったそうです。

ちなみにこの事件のため、祖父は、気の弱さを祖母に知られ、終生祖母に頭が上がらなかったようです。

このように狐は人を化かすが、狸は何かに化けても人を騙したとは聞いたことがありません。では、動物園の狸や狐は、どうして観客を騙すことがないかと不思議ですが、「囚われの身じゃ、迂闊なことはできない」と、立場をわきまえているのでしょう。

8　河童の詫び状の書体について

河童の詫び証文について触れますが、まず、お皿は硯《すずり》の代わりにはいたしません。また、お皿の水は使いません。何故かって言われても、ものを書くときには顔は前に傾斜しますから、当然水がこぼれるからです。

ところで皆様は、河童の字を見たことありますか。

私は、見せて頂きました。それもある日の朝、私が河童の詫び状がどんな字で書かれているのか日頃から悩んでいたためか、河童博物館の館長が夢枕に立たれて、それなら、有楽町の「相田みつを美術館」に行けばいいとのこと。相田さんの字の書体は、河童と同じ書体の、「草木流」という、草木が生え出てくるような自然流だから、参考までに見にいくといいと教えてくれました。

で、早速行ってみました。相田みつを師（一九二四〜一九九一）は、大変熱心な篤信家《とくしんか》でいらっしゃって、また書道の達人です。しかしその書体を見ると、字は踊り戯れて、河童が踊っているようであります。全くの自然の木の成長そのものであり、自然そのものであります。草木流の美しい流れを感じます。

この書体は、相当修練を積んだ河童でなければ書けません。きっと、神仏が筆を執ったら、同じよ

うに書かれるであろうと思います。書体は寛容で、あらゆるものを抱擁し、長時間眺めていても飽きさせない力を感じます。河童の小学校では、相田さんの字がお手本であると、河童博物館の館長が教えてくれました。

河童は頭にお皿があり、そこは水分を保つ必要がある大切な部分であると言い伝えられています。水気が切れると体全体の力が抜けてしまうと伝えられています。

頭にお皿があるということは、何とも生活する上において、大変便利この上もないと思いますが、ただし、必要なときに取り外しができたら、の話であります。

河童が水中生物であると夢見るお方は、陸上では、お皿の水がこぼれて寝ることができないから、水中で寝るしかないとお考えになったのではありませんか。

9　聞き覚え河童の詫び状

どこで見せていただいたか忘れてしまいましたが、河童の詫び状を見せて貰ったことがあります。うろ覚えですが。

むらの　みなさまへ

このたび　わたくしが　はじめて　にんげんを　みて　きぜつしたように　わたくしが　とつぜんあらわれて　かわいい　あかちゃんを　つれた　ごふじんを　きぜつさせてしまいました　こころからおわびいたします　これからは　びっくりさせないようにしますから　ゆるしてください　おかあさまは　マリアさまのように　うつくしかったし　あかちゃんは　わたしとあそんでくれました
ゆるしてくれた　おかえしに　わたしは　まいにち　この　ふたりの　かぞくの　ためと　ゆるしてくれた　みなさんに　きっと　いいことが　たくさん　ありますようにと　かみさまに　おいのりします

ある　はれた　ひの　ごご

とっこ

10　芥川龍之介氏の夢枕に出た河童に

せっかくの機会だから、君たちの誤解を解くために、蛙たちよりいかに多くの人間によって君たち

が愛されているか、次の有名人の俳句を味わって見たまえ。

濠の月　青バスに乗る　河童かな　飯田蛇笏
河童の　供養句つゞる　立夏かな　飯田蛇笏
河童祭　山月これを　照らしけり　飯田蛇笏
河童子　落月つるす　夜の秋　飯田蛇笏
河童忌　あまたの食器　石に干す　飯田蛇笏
河童の　手がけてたてり　大籃　飯田蛇笏
河童の　恋路に月の　薔薇ちれる　飯田蛇笏
浮草に　河童恐るゝ　泳ぎ哉　正岡子規
河童の　恋する宿や　夏の月　蕪村
馬に乗つて　河童遊ぶや　夏の川　村上鬼城
酒ありて　河童の話　出る良夜　杉本寛
かつぽ酒　河童に捧げ　川祭　竹下一記
河童渕　覗けば早し　冬の水　関根絢子
河童なくと　人のいふ夜の　霰かな　中勘助
河童の皿　濡らせるほどを　喜雨とせり　上田五千石

いたづらの　河童の野火の　見えにけり　阿波野青畝
むかし馬　冷やせしところ　河童淵　鷹羽狩行
月見草　河童のにほひ　して咲けり　湯浅乙瓶
走り梅雨　カッパガラッパ　はねまわる　久留島元
白鳥に　河童の村を　訊ねけり　大串章
隻腕の　河童にあひぬ　冬の月　北園克衛
河童碑を　囲む沼辺の　冬木立　高橋由子
河童達　川より上り　花見せり　三島晩蝉
沼人に　河童月夜と　いふ寒さ　白岩三郎
夏料理　壁に芋銭の　河童掛け　川村紫陽
夏暖簾　河童三匹　ひらひらす　福田蓼汀
榛の咲く　潟六ヶ村　河童の碑　菅沼義忠
暖炉燃え　河童天国　満たしをり　皆川白陀
溝萩の　うしろにゐたり　河太郎　齋藤玄
秋水の　薄手に満ちて　河童譚　伊丹公子
川狩や　河童の宿も　踏み尽す　松瀬青々
臍かくす　河童太郎や　荻の花　鬼頭進峰

はせ川の　河童屛風の　雨月かな　龍岡晋
夜咄の　河童に家族　なかりけり　岡崎桂子
おんそはか　河童明神　夕河鹿　八木林之介
下闇や　河童と会ひし　人の貌　深見けん二
不覚なる　酔や団扇に　河童の絵　鈴木鷹夫
人日《じんじつ》や　河童の皿に　灯がともり　小林一子
夏料理　河童が食べて　帰りたる　高見尚之
カッパ淵　遅日の祠　一つ置き　高澤良一
カッパ淵　杉菜の青を　流しけり　高澤良一
永日の　河童に逢ひに　カッパ淵　高澤良一
秋うらら　河童と馬コの　物語　高澤良一
梅雨湿り　芋銭の河童　百図かな　高澤良一
河童が渕　河童も秋思に　眈る頃　高澤良一
河童なくと　人のいふ夜の　霰かな　中勘助
河童の川　蚊細き脛の　子と渉る　萩原麦草
河童の画　一枚掛けて　昼寝せり　村越化石
河童寺　自然薯黄葉　地を這へり　田淵定人

河童屁の　水泡浮ぶや　夏柳　　　　　　安斎桜カイ子
河童沼　すとんと昏れて　遠野寒　　　　曽根とき
涼しさは　河童が淵の　水のこゑ　　　　鈴木鷹夫
芋銭河童に　踵のありて　彼岸西風　　　神蔵器
蒲の穂に　河童出て寝る　月夜かな　　　上村占
青胡桃　水盛り上がる　河童淵　　　　　山野辺恭子
金継ぎの　皿待つ河童の　武勇伝　　　　遊水

どうだね、少しは納得したかな。自分達がこんなにも愛されていることがお分かりかな。

11　青バスに乗った河童

ついでに、前項はじめの一句、飯田蛇笏殿（一八八五～一九六二）の「濠の月青バスに乗る河童かな」という句について不思議に感じたことがあるので一言。

昭和十四年の冬、青バス（戦前に東京市内を運行していた東京乗合自動車のこと）の運転手をやっていた私の父親が、暗くなってから停留所でもないところを、タクシーにでも乗るように子供が手を上げて乗せて欲しいと言うように頼むので、元個人タクシーの運転手だった父親が、一瞬昔の習慣を思い出したのか一旦止まった途端、その子はいなくなったということでした。

不思議に思って、営業所に戻ってから車掌に聞いてみたら、終点の雷門で大人に付いて子供が一人下りて合羽橋の方へ歩いていったと言われました。そういえば、子連れの大人は乗せた覚えがないと言います。結局は、河童の親子だったかなと父親は言っていました。

私は、最近蛇笏の俳句に出合って、あのときの大人は、多分蛇笏であって、もう一人は芥川龍之介の夢枕に出た河童だったんじゃないかと思いました。多分河童の運賃に、車掌が困るだろうとの心遣いではなかったかと想像します。

子供の頃は、確か赤襟の車掌さんの気取った声しか記憶にありませんが、今改めて青バスを見ると、このバスは、やはりカッパに見えるのが不思議ですねぇ。

昭和初期の東京乗合自動車のバス。
河童の好きそうなバスです。
ボディが緑色でした

12　河童は、宗教に何を求めるのか

あるとき、私は家の宗教が仏教系だというナム君に、河童の世界での宗教について聞いてみました。すると、人間界と同じくらい、いろいろな宗教があると言うのでした。彼は、季節の折々に、河童達は寺院にお説法を聴きに行くくらいだと言っていました。

もっとも河童は、昇天するときに体は全て溶けてしまいますから、人間のようにお墓がないことは、私も分かっていました。したがって墓地というものもありません。ちょっとしたお位牌みたいなものが各家庭にあって、たまに「河童心経」を唱えるくらいだと言っていました。

河童のナム君は、私達の先祖供養について、漢字の「お経」を音読みされ、先祖の法要と称している日本のシステムがちょっと理解できないと言うのでした。私はムッとして、

「私達は、法要のときは先祖に改めて感謝の念を持ち、故人の天国での幸せを願いに行くだけで、お経は、感謝の気持ちを波動に乗せて故人に届ける手段として考えている」

と、その場しのぎの思いつきの言葉でカッコをつけました。

ナム君の女友達のナミ嬢は、家が天台宗なんですと言って、河童の世界の天台宗にも「三観《さんがん》」、つま

り「空観」「仮観」「中観」という見方を説かれたものがあって、これはまた「平等観」「差別観」「統一観」とも言われているんですと説明してくれました。

そう言ったって何のことやら分からないでしょう。もっと、もっと簡単に覚えるには、省略してそれぞれの見方を「即」「非」「如」と河童の世界では言って、分かりやすく説いたものがあるから、よければ君に教えてやろうと、頭の悪い私に説教してくれました。

「即」とは、自然にとって当たり前のことが、自分にとっては驚かされる事態であったり、収まっているものがとんでもないことに変化したと思えたりしたときに、「にもかかわらず」とか、そう言われればそうかと考え方を変えてみたり、また時間、次元を貫いてみたらどうなるかという思考転換方法なんですと言います。

「非」は、同じことを「即」の逆の立場で説いていると思ってください。当然でないものを、否定することなく、その事態を乗り越えて対応しようと思ったり、バラバラに見える了見を、よく見るとまとまったものだったり、目に見えたようだったが、実は心で見ていたとかいう、これもまた思考転換方法のことだと言います。

「如」は、人智ならぬ河童智を超えて、神仏が即、非であたかも指導したかの如き状態が、既に示されている状態を言います、と教えてくれました。

最後に、河童が好きな俳句で説明しましょうと言って、妙好人《みょうこうにん》の加賀千代女《かがのちよじょ》（一七〇三〜一七七五）の俳句からその境地を窺ってくださいと言いました。

ぼやーっと理解したことは、河童は、愛と志を基盤として、何事にも立ち向かえる境地をこそ、宗教に求めているんだなと、感じました。


思考を転換する促しの即、非、如をまとめて「転」と略します。しかし、これだけでは思考が暴走しかねません。大切なことは、どういう心構えで転換するかです。

それは、神仏の御心に合わせることです。ちょっと大袈裟かなと思われますが、大丈夫です。すでに皆さんお持ちでいらっしゃるのです。

一つは、愛する心です。次は豊かな志です。最後は培った境地、この三つを「光の心」と呼ぶことにしましょう。

ご覧ください。「転ずる心」と「光の心」が重なった時、そこにはすばらしい世界が生まれます。願いが成就に向かい、物心が光り輝くのです。

次の俳句をご覧あれ。合掌したくなりますねぇ。

転ずる心
光の心

即	愛	朝顔に　釣瓶とられて　貰い水
非	愛	破る子の　なくて障子の　寒さかな
非	愛	とんぼ釣り　今日はどこ迄　いったやら
非	境	起きてみつ　寝てみつ蚊帳の　広さかな
如	境	月の夜や　石に出て鳴く　きりぎりす
如	境	舎利子　空即是色　花盛り
即	志	楠千年　さらに今年の　若葉かな

「分類に多少の異論もあろうかと思うけれど、子供に死なれた二、三句目、ご主人にも死なれた四句目、千代女最高の傑作と言われる五句目、我が身の危険をも忘れて真なるものへ希求する姿を写したこの句には思わず合掌したくなるんだ」と。

また六句目の桜は、天上界の心そのものだとは思えませんか。東郷元帥の秘書官・小笠原長生《ながなり》氏（一八六七〜一九五八）の名句です。

最後は太宰府天満宮の梅林にある荻原井泉水《せいせんすい》氏（一八八四〜一九七六）の作です。

13 河童が泣かない理由

河童は、自分が辛くても哀しくても泣かないのです。泣くと途中で涙が止まらなくなり、体中の水分がどんどん流れ出て、死んでしまうのです。死ぬということは、ご承知の通り河童は溶けてしまうのです。

河童は人間よりずっとずっと天上界に近いところに精神世界を持っておりますから、今生において生を受けていることに、歓喜の涙を流すことがしばしばあります。また、人間の喜びをともに喜び、祝福の涙を流すときもあります。そういうときは、神様は決して河童を死なせるようなことはしません。

さて、読者諸君、そういうときの河童の涙を一度でも見たことがありますでしょうか。なんと、煌《きら》めくばかりのブルーなのですよ。

14　中国は河童より仙人がお好き

中国の孔子様（BC五五一～BC四七九）は、恐らく、単なる妖怪じみた話題など、ずいぶん周囲で騒がれていたとしても、お好きではなかったと思います。

中国由来の確たる河童のお話は、あまり耳にしたことがありません。

むしろ、人間の努力によって仙人になるという、元来普通の人が、ある種の超能力を取得するというお話の方が、中国では受けたように思います。

つまり、仙人は妖怪の範疇には入りません。現実的な不老長寿、富貴願望を好む切実な生活背景が、夢のような非現実的思考を好まなかったのでしょう。寺院でのおみくじのようなものでも、吉が出るまで続けるという風習は、願望の強さというか、執念のようなものを感じます。

日本人は、おみくじを引き直すという考え自体がないのも互いに違っていて面白いと思います。

15　河童の宗教観について

我が日本の近代の文豪に限らず、多くの河童研究家は、河童の国の宗教についていろいろと紹介してくれます。

それによると、世界中の主立った宗教寺院は、ほとんど河童の国にもあるというのです。だから河童の国は平和そのものであるというのも当然だと思います。

河童が地球人に敵わないところは、地球人は金気《かなけ》が好きだということでしょう。反対に金気を嫌い、また戦うことが好きでないという河童の性質が、平和をもたらすのだと思います。

一度、大伽藍《だいがらん》のある素晴らしい教会に連れて行ってもらったことがあります。入ると、正面に金色に輝く直径五メートル、高さは大伽藍の天井まであるから恐らく三十メートルくらいの黄金の円柱がありました。その黄金より発する神の言葉が信者に伝わるといい、神の言葉は、一人一人の信者の魂にのみ、光となって伝達されるのだそうです。

河童の嫌いな金気のたった一つの例外は、「金《きん》」であります。ただ河童は、神の意志の象徴である金を、やたらと個人の装飾用品にはいたしません。神事以外に金を取り扱うことはいたしません。ですからやたらと金を乱獲しないのです。

16　黄金の円柱について

河童の神父は、神の声を聞くための心構えと、立ち位置を私に教えてくれました。頭を下げては神の声は聞こえないとおっしゃるのです。

黄金の柱は、何と中空に浮いていました。神の気配に心を合わせるようにと指示されていたので、手を合わせながら黄金の柱の底を見ていたら、それが静かに、時計回りに回転していることが分かりました。

と思ったらすぐ、「ホーカネンイン」「ホーカネンイン」という言葉を、私の口が勝手にしゃべりだしたのです。

私は口を押さえてやっと言葉を止めました。びっくりしていると、傍らにいた神父が、「分かるかね」と言うのです。

私は、「自分はどうしちゃったのかな」とつぶやいたら、神父は、「報果縁因、報果縁因と神は君に伝えたんだ」と言いました。

これは、誰にも一様に聞こえる声ではないといいます。そこに来たものに、それぞれ神の言葉は違うのだそうです。声といっても波動ですから、その声は原則として自分にしか分からないのだとか。

確かに、これは耳から入った声ではないと感じました。しかし不思議なことに、その意味は魂に染み込んできたのです。

「既に汝は報われているものである。その喜びを『他』に尽くせ。そして他の喜びを汝の喜びとせよ」

と声がしたように思えました。

世に言う、気の流れが渦のように回っているのを実感しました。

神父はしばらくして、特別に黄金の柱の上部を見せてあげましょうと言って、長い階段を昇って、円柱を見下ろしました。神父曰く、「ここは、修行をしていない河童には見せられない」のだとか。同じ回転でも、上から拝観すると当然逆回りです。当然なことですが、私にとっては、さっきの声は「因縁果報」となります。

と思ったら、神父は、前置きもなく「そうですよ、これが人間世界の娑婆回転というものです」と言われました。

「この上を見たいというあなたの『因』があったでしょう。あなたはここまで昇った階段での努力を、人間社会では『根』と言っているんです。因と縁の間に『根』というものが河童の世界にもあるんです」

とおっしゃいました。

「何か自分で希望したことをするには、相手が必要、つまり出会いが良き縁であればこそ良き結果が生じる。しかし今君は、娑婆の回転、つまり、時計の反対回りの世界を見た。この道は、自らに戒めを持っていないと、粗相をする茨の風圧の吹きすさぶところだ。はっきり言えば、いま君が生きているのは人間界の娑婆の世界だ。そういえば、こころなしか臭いを感じた。諦念を置こうと思ったら人間の世界のお金は使えないから不要だ」

ともおっしゃいました。

階段を下りて外に出たら、うらぶれた河童の占い師がいて、久しぶりに人間の手を見たいと言うので、見てもらうことにしました。すると占い師は瞬間的に、

「何と貧相な手ではないか。水掻きが全くないじゃないか。これじゃ君の世の荒波を強く生きるのは難しい」

と言いました。私は、

「君達の水掻きの代わりに指が二本多いから大丈夫だ」

と言ってやりました。

生意気な占い師は、「こんな指じゃ水漏れがひどいぞ」と捨て台詞を言って私の手を離しました。

代金は、尻子玉一丸だというので、友達の河童に借りて支払いました。

17　河童は、金《きん》をどうして手に入れるのか

河童達が金の入手方法を知ったのは、昭和という時代になってからであります。昔から、神の意志を聞くためにこういう方法を持っていたわけではないのです。そして、この金の入手方法を教えたのは、なんと毎日新聞社なのであります。

毎日新聞社から、昭和四十一年九月二十五日に発行された、北京市党委員会書記の鄧拓《トウタク》氏（一九一二〜一九六六）のエッセイ『燕山夜話《えんざんやわ》』には、「チェコスロバキアの科学者が一九三四年、コガネムシから金を抽出することに成功した」と紹介されております。

金亀子《チンクエイズ》、つまりコガネムシの体には黄金があるということで、コガネムシをたくさん集めて、それを焼いて粉にしたところ、一キロのコガネムシから二十五ミリグラムの金が抽出されたと言います。

どのような生物の中にも金属の元素が含まれているのですから、これは不思議でも何でもない話です。ただ、「金」を体内に持つという生物は、あまり聞いたことがないというわけです。

コガネムシを採取できるのは、五月下旬から八月上旬くらいまでだそうで、その上金の含有量もわずか〇・二五パーセントですから、この時期は、毎年河童達に総動員がかけられて、コガネムシの捕獲に精を出すことになったそうです。

何故河童の話にコガネムシが出てくるか、読者は不思議に思われることでしょう。しかし河童は、蛙と同じようにコガネムシにも因縁があると言うのです。

河童が言うには、コガネムシは自分の大好きな瓜をみんな食べてしまうし、生意気にも顔は自分に似て亀のようだし、しゃくなことに甲羅もある。甲羅には金色の翅《はね》が付いていて、我々の前をこれ見よがしに飛び回る。大きな頭には髭が二つ。且つ多くの詩人からその容姿を讃えられている。河童としては立つ瀬がないのです。

ただ河童は、嫉妬心は結構強いが、相手を皆殺しにするような残虐なことはしません。そこで『燕山夜話』を読んだ河童の有志が、葬儀屋に頼んで、コガネムシの火葬は、なるべくまとめて依頼を受けるようにして、金を採取して、立派な聖堂を作ったというわけです。廃物ならぬ灰物利用をしただけであります。

18　河童の年齢の数え方

人間の皆様は、老いた河童をご覧になったことはないと思います。

そうです、河童は老いても美しいのです。何故かお答えいたしましょう。

実は、河童は人間界で言うところのいわゆる精神年齢で生きているからです。

昔、人間界の偉人の一人、貝原益軒《かいばらえきけん》先生（一六三〇〜一七一四）がふらっと河童の市役所に来て、河童の年齢の記載がおかしいと市長に改正をするよう申し入れをされたそうです。理由を次のようにおっしゃいました。

「老後は、若き時より月日の早きこと十倍なれば、一日を十日とし、十日を百日とし、一月を一年とし、喜楽して、あだに日を暮らすべからずという人間界の言い伝えがある。河童の世界は、歳はとっても気持ちは若いという心情道理に生きているのだから、人間界の暦を真似することなく、実態のままの年齢を登録させなさい」と。

そこで市長は、以後年齢の数え方を次の通りとし、年齢の改定届をせよという新条令が出されたのでした。

10歳まで	20歳まで	30歳まで	40歳まで	50歳まで	60歳まで	70歳まで	80歳まで	90歳まで	100歳
10	5	3.3	2.5	2	1.6	1.4	1.2	1.1	1

例えば、50歳の河童は10＋5＋3.3＋2.5＋2＝約23歳となる。

16歳の河童は10＋3＝13歳となる。

ただし、計算が分からない河童は旧年齢のままでもいいが、若さを保つための河童国の多大なる助成金は、受けられなくなると言います。
人間の世界でも、精神年齢でお暮らしいただければ、老いていくほど、歳を取らなくなるのです。

19　河童は蕎麦が主食

理由は明白。河童は歯がないし、くちばしですぞ。噛まずに飲み込むしかないんです。飲む食べ物と言えば蕎麦なんです。よく、尻子玉が主食だなどと、いい加減な情報を流されるけれど、主食は蕎麦なんです。

ところで最近、日本人の蕎麦の食べ方が乱れてきているので、事のついでに。

① 猪口《ちょこ》は可盃《べくはい》のように、手に持つ。下に置かない。
可盃＝漢字で候文《そうろうぶん》を書く折に、「可相成御座候《あいなるべくござそうろう》」と縦書きに書くが、「可」という字は必ず上にあって、下には書かないため、下には置かないという意味で、飲み干さなければ下に置けない盃を「可盃」というように呼ばれるようになりました。底はとんがっているか、穴が一つあり、

薬指か、小指でその穴を押さえながら酒などを飲みます。飲み終わるまで下には置けないしくみになっています。

② もり、かけは、真ん中から箸を入れる。
真ん中から蕎麦を取ると、絡まないように盛ってあるのです。

③ 汁の濃さは最初の一口で見る。
これで汁の付け方を工夫することです。濃いとか、薄いとか言わないことです。野暮なことですからね。

④ 薬味は、二口目以降につゆに入れる。

⑤ 汁は、タレとは言わない。つゆと言うこと。

⑥ 蕎麦は「食べては」だめ、「飲んでも」だめ。その中間。

⑦ 箸は汚さない。

⑧ もりも、ざるも同じ。海苔はかえって邪魔だと思うが、これは蕎麦自体が旨いときのみの話。

⑨ もりのつゆは、一番出汁だから辛目、ざるは味醂が入っているので甘め。
これは、わさびの効用を増すためです。砂糖が添えてある店もありますが、砂糖を少し入れると逆につゆは辛くなり、そのためです。しかし、砂糖を置く蕎麦屋は、めっきり少なくなりました。

⑩ 食べたあと器に残りを散らかさず、始末すること。
昔は蕎麦屋に楊枝を置きませんでした。蕎麦は歯に当てて食べるものではないから、というのが理由で、「そば屋の楊枝」とは「要らないもの」のことを言ったのだそうです。ただし、最近は種ものが多いので、爪楊枝を置く店が増えたのだとか。

⑪ 尻子玉は、蕎麦のときは食べない。
最近は鶉《うずら》の卵を、尻子玉と言って、カレーライスで使う店があるようですが、河童上流社会では、品のないこととして、忌み嫌う言葉なのであります。

なお、日本の三大蕎麦の名所と言えば、河童推奨の三大聖地と重なるのです。

1. 岩手県　わんこ蕎麦　かっぱ淵
2. 長野県　戸隠蕎麦　河童橋
3. 島根県　出雲蕎麦　川戸水神祭

その他、東京浅草は元より、日本全国に旨い蕎麦屋があるかぎり、河童は生きていくことができるのであります。河童が外国に住めない大きな理由の一つには、外国に旨い蕎麦屋がないからであります。

20　河童の仏性について

人間のお好きな禅の公案のひとつに、あるとき、僧が趙州《ちょうしゅう》禅師（七七八〜八九七）に、犬にも人間のように仏性があるのかと問いかけて、趙州禅師を困らせてやろうとしたところ、にべもなく禅師は「無」と答えたという話があります。

人間という者は、言い切ってしまうお経の字面《じづら》で悩みます。心の栄養になるものですから、もう少し分かりやすく書き残せばいいものをと思いますが、書いた方は、読む人の力量で読めと素っ気ないですね。

河童の世界にも大学はあります。寺もあるぞと、時折夢枕に立つ河童は言います。河童の寺の和尚は、相手の能力に応じて答えを変えて経を説くと言います。

あるとき、「無」についてお前はどう聞いたかと河童和尚に聞いたら、「無」という字は、願いの字だと言いました。こうあったらいいねという意味と、こうでなかったらいいねという意味の字だと教えてくれました。

例えば、無知という字は、もう少し智慧があったらいいねとなります。だから趙州禅師は、「ワンちゃんにも仏性があったら、嬉しいね」と言ったんだと、夢枕禅師になりきった河童和尚が言っていました。

「信仰」とは、もう一匹の自分の誕生を希求することであると言い、静かに立ち去って行きました。

河童の世界では、法を説くのにすぐ理解できるように、話の上手な河童の方が僧侶の地位が高いと言っていました。だから、予備校の先生は、非常に高給なんですとか。

その後、夢枕禅師に河童に仏性はありやとお聞きしたら「人並み」と言われました。では、嫉妬心はとお聞きしたら、これもまた「人並み」と恥ずかしそうに言われて去って行かれました。

何か「お前さんとどっこい」だと言われたような、後味の悪い気持ちが漂いました。

21　ガワロウが伝説の河童になる経過

ところで、室町時代の辞書「節用集」〔文安元年（一四四四年）頃成立〕には、「獺老而成河童（者）」と書かれてあると言います。読み方は「ダツ　オイテ　ガワロウトナル」、つまりこの文章の河童の字は、カッパとは読んではいけません。「ガワロウ」と発音していたのです。

意味は、かわうそは老齢になると、ガワロウになると言っているのです。

その当時は、河童をまだガワロウと言っていたのであります。

かのフランシスコ・ザビエル（一五〇六〜一五五二）が天文十八年（一五四九年）に来日しましたが、それまでは日本では、カッパとは言わなかったのです。ザビエルが来ても、すぐにはカッパという呼び名の妖怪ではなく、むしろ獺祭の方が可愛らしい妖怪の主流であったと思います。

むしろ、ザビエル達宣教師の羽織っていた羅紗のケープ（ポルトガル語でカッパと言った）の方が、日本人達にはいち早く受け入れられたのではないかと思います。

そもそも、言葉よりも、奇異な衣服の方に関心が集まりますし、国を治める者に献上されるに及んで一層名称が広がっていったことでしょう。英語圏ではcape（ケープ）と発音しますが、ポルトガル語では、カッパとなります。

郵 便 は が き

料金受取人払郵便

新宿局承認

2524

差出有効期間
2025年3月
31日まで
（切手不要）

160-8791

141

東京都新宿区新宿1－10－1

（株）文芸社

愛読者カード係 行

お名前《ふりがな》			明治 大正 昭和 平成 年生 歳	
ご住所《ふりがな》	□□□-□□□□			性別 男・女
お電話番号	（書籍ご注文の際に必要です）	ご職業		
E-mail				
ご購読雑誌（複数可）		ご購読新聞 新聞		

最近読んでおもしろかった本や今後、とりあげてほしいテーマをお教えください。

ご自分の研究成果や経験、お考え等を出版してみたいというお気持ちはありますか。

ある　ない　内容・テーマ（　　　　）

現在完成した作品をお持ちですか。

ある　ない　ジャンル・原稿量（　　　　）

書　名				
お買上 書　店	都道 府県	市区 郡	書店名	書店
			ご購入日	年　　月　　日

本書をどこでお知りになりましたか?
1.書店店頭　2.知人にすすめられて　3.インターネット(サイト名　　　　　　)
4.DMハガキ　5.広告、記事を見て(新聞、雑誌名　　　　　　)

上の質問に関連して、ご購入の決め手となったのは?
1.タイトル　2.著者　3.内容　4.カバーデザイン　5.帯
その他ご自由にお書きください。
(　　　　　　　　　　)

本書についてのご意見、ご感想をお聞かせください。
①内容について

②カバー、タイトル、帯について

弊社Webサイトからもご意見、ご感想をお寄せいただけます。

ご協力ありがとうございました。
※お寄せいただいたご意見、ご感想は新聞広告等で匿名にて使わせていただくことがあります。
※お客様の個人情報は、小社からの連絡のみに使用します。社外に提供することは一切ありません。

■書籍のご注文は、お近くの書店または、ブックサービス(0120-29-9625)、セブンネットショッピング(http://7net.omni7.jp/)にお申し込み下さい。

宣教師達の着ているこの防寒コートを真似て作ったものは、「南蛮蓑《なんばんみの》」と呼ばれて、袖がなく、拡げると丸い形になるので、丸ガッパとも言われました。甲羅がある亀さんにも似ています。

ワインレッドというか、日本では猩々《しょうじょう》緋《ひ》と言われる、赤い色の羅紗《らしゃ》で作られたマント、陣羽織となって、織田信長（一五三四〜一五八二）、豊臣秀吉（一五三七〜一五九八）などにも愛用されました。のちに、陣羽織とセットで、南蛮胴という、西洋式で鉄砲にも耐えられる鎧《よろい》の武具に改良されたものを着用するようになりました。つまり、カッパというケープの呼称とともに、陣羽織は、宣教師が到着して、ものの十年も経たぬうちに、日本にすっかり馴染んでしまったのです。

宣教師達が日本に上陸してからだいぶ日が経つのに、芭蕉師のイメージのなかに、まだ河童は入り込めなかったのでありましょうか。芭蕉師は、実物に接しないで句をお作りになることはなさらないと伺っております。

その後のイエズス会作成、一六〇三年発行の『日葡《にっぽ》辞書』にも、河童のことをカワロウと呼んで、「猿に似た一種の獣で、川の中に棲み、人間と同じような手足を持っている」ものだと書かれていますが、カッパという呼称ではなく、カワロウと記載されています。つまり、ポルトガルの宣教師達が来る前は、カッパと呼称する妖怪は日本にはいなかったということです。

結論として思うに、従来から河童の起源としては、フランシスコ・ザビエル宣教師こそがカッパの元祖であると考えます。

カワロウ、ガワロウ等と呼ばれていた妖怪が、フランシスコ・ザビエル達の見たこともない異様な容姿の影響で、妖怪達の姿が徐々に形付けられて、この二者を合体して、河童（カワロウ）をカッパと呼ぶことに徐々に成功したものと思われます。

合体するには、あまりにも都合のいい条件が多かったのです。

まず、鼻の高い異人の風貌を嘴《くちばし》にします。宣教師の甲羅そっくりのケープを甲羅にします。しかし甲羅にするには人間の顔ではちょっと話が合わなくなります。

そこで顔を猿か亀にします。頭のトンスラ（剃髪）を日本古来の、伝説の、相撲好きの金太郎のオカッパ頭と合わせます。「まるで金太郎のような頭だ」と言われるためです。

金太郎を出した以上は河童には相撲好きということになってもらわねばなりません。すると噂話に花が咲いていくうちに、河童も本当に相撲が好き、となったのではないでしょうか。金太郎伝説も一役買って、河童の噂話が合体されて伝播しやすくなります。

ザビエルと赤いハート

川の浅瀬でも、流れが早くなるところが多く、宣教師が川で洗礼を授けているときに、不幸にして川の急流に巻き込まれるような事態もあったのでしょう。それが、馬でも川に引き込む河童という話として広がったのかもしれません。

ともかく人間は、見たこともない場面に遭遇したり、理解ができないものを見たり、聞いたりしたときは記憶に強く残り、消化し難い食物を消化するように、脳も何とか消化しようと試みるのでありましょう。

22　河童と相撲の関係

浮世絵には、当然当時のヒーローである坂田の金時、つまり金太郎の絵が販売されていました。カッパ伝説と同様、日本国中に金太郎伝説があり、金時の生まれた場所、亡くなった場所、その年齢もそれぞれ違います。私の子供の頃は、金時さんの童謡がよく歌われていました。

まさかりかついで　きんたろう
くまにまたがり　おうまのけいこ
ハイ　シィ　ドウ　ドウ　ハイ　ドウ　ドウ

ハイ　シィ　ドウ　ドウ　ハイ　ドウ　ドウ

あしがらやまの　やまおくで
けだものあつめて　すもうのけいこ
ハッケヨイヨイ　ノコッタ
ハッケヨイヨイ　ノコッタ

土地柄も時代も違うのではっきり分かりませんが、河童が、何故人を見ると相撲を取りたがるのか、私はいろいろとその関係性を考えてみました。いくら相撲が神事の一環であろうが、神事と河童との密接な関係はないと思います。

昔々の天暦九年（九五五年）の頃、近江の国、坂田郡で坂田の金時は誕生したとの話があるのですが、まさかり伝説は、この地が製鉄の盛んな土地であったということからだと伝えられています。

金太郎は背の低いオカッパ頭の子供でありながら、相撲が強いという古来の絵双紙《えぞうし》、浮世絵などで、日本国中においてあらかじめ話としてベースにありました。それが新しく入ってきた河童伝説のイメージと重なり、まるで頭が河童のような金太郎が人々の間で出来上がったのだと思います。

河童の手の指は三本、足の指は三本、多くて四本。鳥のような形の足では到底相撲は取れません。

相撲が強くなるには、足指が踵くらいの太さが必要だと聞いたことがあります。恐らく、河童の相撲好きの話は、古来の金太郎さんのオカッパ頭と同じだから、という我々の勝手な想像だと思います。

しかし無類の強さを誇る金太郎さんには、お皿が弱点であるという付け足しの話は取り込めず、河童が相撲好きという話は、金太郎さんと一線を画すための笑い話の材料にされたのでしょう。


そもそも、河童が相撲を取ることができない理由は、皆さんの方がよくご存じの通り、河童の両腕は繋がっておりますし、腕は引っ張ると抜けるのです、片手では、相手のまわしを取れないのです。片手を引っ張られると、手が抜けるのです。投げ技も使えないのです。

絶対に、相撲はできないと私は思うのですが、どなたか、それでも河童は相撲が強いとおっしゃる方、その理由を教えてくれませんか。

もしかしたら、仕切りのときに、河童は人を夢の中に引き込んでしまうのかもしれませんが。

23　河童には、鬼族と貴族がある

鬼の研究家の倉本四郎氏（一九四三〜二〇〇三）によると、河童は鬼族に分類されるから、腕を抜かれるとあります。私は、妖怪視されるかっぱは宣教師ザビエルであり、れっきとしたスペインの貴族ですと申し上げます。河童と言うからには、字の通り子供のように小さな動物のことでありましょうが、鬼族ではありません。河童は、人の夢が作ったペットであります。

もちろん、鬼族に分類されるためには、相応の「悪さ」が必要になります。しかし河童は馬を川に引きずり込んだりはしません。人間や馬の尻子玉を抜いたり、妖術を使って鯉に化けたりしません。また好色でもありません。実は相撲も取りません。考えてみてください。水の入ったお皿が頭の上にあって相撲を取れますか。常識ですね。前にも書いておきましたが、あれは金太郎さんですと申し上げたいのです。

金太郎さんの頭にもお皿がありますが、お水はありません。河童は手を切られても、後でくっつく薬を持っていません。手を切られると、痛くて泣きます。すると溶けて死ぬのですが、死ぬときは、人のように苦しみません。だから鬼族に入れないでください。

河童は川ばかりではなく山にも入ると言われますが、変幻自在ではないのです。少々のイタズラをして、謝りに行くときだけ人間になって行くのです。悲しいことにバテレン追放令（キリシタン宣教師の国外追放令）にもかかわらず、日本の山の中に隠れて布教をしたかなりのバテレンがいたためか、河童は山に入ると山童《やまわろ》となり、秋の彼岸に山に入り、春の彼岸には川に下りるなどと言われたりします。

相撲が好きで、誰彼となく挑戦するというのは、河童ではなく金太郎さんです。金太郎さんの頭のお皿を見て河童さんみたいと言われて混同されてしまったのです。

そもそも片手が長く伸びる相手と相撲を取ったら、一体どういうことになるでしょうか。相手はまどうでしょうね。河童は、まわしがないのですよ。裸ですし。ぬるぬるしていますし、第一、立ち会いで人間の目にお皿が当たったら危ないですよねぇ。相手の顔にとんがった嘴があるのに、それに顔が当たったらどうなるでしょう。命がけになりませんか。

愛すべき河童とお相撲を取りたい人は、夢の中でお願いいたします。

24　鬼族は、妖怪の代名詞

妖怪は人を化かします、自分も化けます。人間も同じ能力を持っていますので、時には同じことをします。人間の妖力は鬼族より劣ると言われていますが、実はそうではありません。最近は、逆に鬼族が人間を怖れてしまって、なかなか人間界に現れなくなっています。理由は言わなくても皆さんお分かりのことと思います。

人間は、妖力の手段として酷い嘘をついて、人を騙します。化けたり化かしたりして、損害を他に与えたりもします。残念なことに、人間は半惚け鬼族になるのです。人間が人間を騙すときは、魂を悪魔に売ることはできても、姿まで売ることができません。人間の姿のまま、心が鬼畜になるのです。とても始末が悪いものです。

どうして姿形まで化けられないのかと言うと、魂のない人間の肉は、生物界で一番まずく、鬼子母神はおろか犬も食わないと言います。悪魔もそんな肉体は買わないと言うので、姿を変えられないとのことなのです。

しかし、人間は世間慣れしてくると、褒められるようなウソ、つまり上手なウソを逆に喜んだりする変な動物でもあります。

25　尻子玉について

いきなり尾籠《びろう》な話になりますが、河童の好む尻子玉とは、当時痔の病の中で、とりわけいぼ痔が多かったと聞きます。

折しも、訪れた宣教師は、同伴してきた医師のサライバに痔の病についても治療を受けたことでしょう。

大きくなってしまった痔は、輪ゴムや糸で患部の根元を縛り、血流を止めて壊死させる、現代でも行われている結紮療法《けっさつりょうほう》で取り除きますが、そのいぼ痔のことを尻子玉と言って、聞きつけた町の人達によって噂話のひとつとなっていったのだと思います。

もちろん、河童の主食ではありません。困ったことに人間は、河童を疎んじることがお好きと見え

て、盛んに「尻子玉」という名の商品を作っています。お笑い商品なのでしょう。

前述しましたが、最近では、鶉《うずら》の卵を尻子玉と称して、尻子玉入りカレーとして売られております。

河童の世界からしては、いちいち目くじらを立てるようなことはしませんが、ちょっとちょっと……という感じですね。

26 川とかっぱと宣教師

二〇〇一年に芥川賞を受賞した僧侶の玄侑宗久《げんゆうそうきゅう》氏（一九五六〜）が、読売新聞「現代社会と宗教」のコラムに、我々が夕方川辺で足を滑らせ、溺れそうになると、河童を見る可能性があると書かれています。
アメリカ人が同じ経験をしても、河童を見ることはないそうです。それは、脳に入力されている文化的蓄積のせいだとおっしゃいます。河童を現れた「色」とするならば、それは、我々の文化の中で経験し、考えたものが、脳を通過するが故に、私（ワタクシ）的真実が色という現れになった、と書かれています。
「色は、主観的なもの、または、主観が作り出したものである」と、大変難しいことをおっしゃいます。簡単にいえば、西洋人は、河童の幻覚は見ないということであります。むしろ、西洋人は川の中で洗礼を施す宣教師を見ることでしょう。面白いことに、どちらも同じ史実から発生したものであるということでありますがね。

27 河童のお皿について

かっぱのお皿のネタ話は、天文十八年（一五四九年）に来日した、イエズス会の宣教師フランシスコ・ザビエルの頭髪のスタイルから発祥したものであります。

これはトンスーラと言われていましたが、現在はトンスラと縮まりました。聖職に携わる方々の、自戒のために、世界で一番醜い髪型と言われているものとして、頭頂部を丸刈りにしたものです。仏教の僧侶が頭髪を煩悩と見做し、いわゆる坊主頭にしているのと同じ趣旨のものでしょう。現在では、キャップを付けて、昔の習慣を守っておられるようです。

この、初めて見る異様に映る他国の人の容姿に、何のために頭をオカッパにしているのか分からない日本人の驚きは、察するに余りがありましょう。日本人にとっては、帽子に例えるには小さすぎるし、顔立ちからして、天狗までとはいかないが高い鼻、青い目などは、人間以外の動物に例えるしか、伝達の術を知らなかったのでしょう。しかし、トンスラをお皿に見立てるとは、日本人もまんざらではありませんね。

しかし、トンスラをお皿に見立てたということが、かっぱから河童が誕生したと言っても過言ではないと思います。

これまでに「見立て」という言葉は、いろいろな意味に使われておりますが、江戸時代においては、茶の湯、俳諧、歌舞伎、その他芸能、芸事にこの言葉が使われ、一つの文化的要素が背景にあり、日本人がトンスラを「お皿」と見立てたことは、さすがだと思います。

トンスラをお皿にして水をそこに蓄え、力水としました。今でいうならさしずめ「江戸版鉄腕アトム」と言ったところでしょうか。しかし、お皿の水がなくなると気力・体力ともになくなってしまうようですし、まして皿が欠けたり、割れたりしたら一大事ということです。

河童の世界にも、だいぶ接着剤のいいのができたと聞きますので、河童達も常備品として携帯している時代になったと言います。最近では接着剤はおろか、金継ぎまであるとのことで、より長く生きていたいという河童の輩がいるのだと、最近、芥川さんに夢の小路で会ったときに教えていただきました。

彼は、河童が有袋動物であると主張なされていましたが、どうやら河童の持っていたハンドバックと見間違えたのではないかと思います。そうでないと、腹の袋に携帯用緊急接着剤を入れておいて、万一接着剤が漏れたら大変なことになると思います。

でも、ご心配には及びません。この度日本の大手の陶器販売会社で、創業記念日に河童のお皿を発売する企画があるとお聞きいたしましたので、河童諸君、ご安心ください。これからは、お皿が割れても、瀬戸物屋さんで各サイズのものがすぐに用意できる時代になりそうです。

ただし、当分の間、これは河童にしか売らないそうです。収集癖のある人間が押しかけて、品薄になる恐れがあるためだそうです。

人間に変身してお買い求めの河童さんは、各市町村の河童課で発行する身分証明書が必要です。河童にとっては、これは医療品ですから、人間はお買い上げをしばらく慎んでください。もちろん河童は、これがないと命取りになりますから、医療費控除の対象になります。

28　河童の水かきについて

初めて異国の宣教師達を見た日本人の目には、高い鼻は、嘴にも見えたことでありましょう。その後の日本で河童と言われる絵を観ると、ほとんど背中に甲羅があります。体格も大きく、手も大きかったりします。

日本人の小さな手と、宣教師達の大きな手を合わせてみると、宣教師達の指と指との隙間に、まるで水かきがあるかのような膜があることが分かります。これが、河童に水かきがあると言われる大きな原因になったものと思います。

実は、我が国が誇る、水泳界で有名な鈴木大地氏（一九六七〜）の両手を見て、仰天しました。河童の手でした。すごい水かきがありました。立派脱帽。

水かきは、幼い時から激しい訓練を重ねていた場合や、毎日水泳のトレーニングをしている高レベルの選手などに見られる現象のようです。

これまで河童や動物だけのことだと思っていましたら、鈴木大地選手だけでなく、多くの水泳の選手にもあることを知りました。オーストラリアの元天才スイマーであるイアン・ソープ選手（一九八二〜）も、手の指の間に立派な水かきがあったことは有名だそうです。

29 仏様の水かき

ところで水かきではあるものの、まったく目的の違う水かきがあることを知りました。

それは仏像の「水かき」です。この水かきのことを「手《しゅ》足《そく》指《し》縵《まん》網《もう》相《そう》」と言うそうで、仏様の手で衆生を残らず救い取るためには、少しでも手の面積が広い方がよいという意味合いがあり、さらに仏様は人間に比べて腕も長く作られていて、これも同様の意味があるようです。

30　河童が馬でも川の中に引き込んでしまうのは

河童は、海や沼ではなくて、川に馬をも引き込んでしまうという話が伝わっています。これは、川でなければならない理由があるからでありましょう。

宣教師が、信者となった人の過去の罪業を、川の清らかな水で、神の許しを得て洗い流して、新しく生まれ直すための、洗礼の儀式を川で行うためであります。沼では水の流れがありませんし、海のない国もあります。川なら大概の国にはあります。キリスト教以外の人達は、この異様な儀式を見て、なんで川へ人を連れ込むのか不思議に思ったことでしょう。

31　河童がキュウリが好きだという理由

ところで、河童は何故「キュウリ」が好きであるか。これについては明確な話を聞いたことがありません。

かっぱさん達の来日の目的は、実は、日本人にかっぱさん達のキュウリを味わって貰いたかったたか

らなのであります。実は、キュウリはキュウリでも、字が違います。

正しくは「究理」なのであります。もっと正確には「真理探究」という宗教用語であります。ザビエルが鹿児島に上陸した一五四九年（天文十八年）八月頃は、わが日本では「哲学」や「宗教」という言葉はありませんでした。明治時代までは、単にそれらは「キュウリ」と言われておりました。これが、かっぱ即ち宣教師が片時も心身から離さなかった「命」とも言うべきもの、大好きなものであったのであります。

ちなみに一八八一年（明治十四年）に初版が刊行された『哲学字彙《てつがくじい》』は、その後改訂増補版が一八八四年（明治十七年）に出版されていますが、いずれにも「宗教」は「religion」の訳語として掲載されています。明治十年代にやっと「宗教」という翻訳語が定着してきた次第です。

武士であったヤジロウ殿（詳細は後述します）が通訳をしたときは、もちろんただ「キュウリ」と伝えていた訳で、そのためかっぱは胡瓜がことのほかお好きであると伝わってしまった訳です。

ザビエルの説く教義を日本語で通訳したのは、ヤジロウ（一五一一頃〜一五五〇頃）です。因縁的にはヤジロウがいなければ、ザビエルは日本に来ておりません。恐らく、ポルトガル商人達は、ザビエル達より何年か前に日本に来ている訳ですから、場合によっては、奴隷商人達によって、日本が蹂躙《じゅうりん》される可能性が高く、また武器の取引などで、国情がかなり変わった形となっていたかもしれません。

ついでにかっぱは、ナスも好きだと言われるようになりました。そうです。日本ではキュウリと言えばナスなのです。何しろ漬物文化の日本ですから、ナスは漬け足しされたのでしょう。

理由は、あの青い目はナスばかり食べていたに違いないと理屈をつけた噂話が広がったのでしょう。

32 好きな草酒について

河童の好むものに、草酒というものがあったと言われております。

実際はザビエルが日本に持ってきたワインです。ワインは、幕府への献上品とか洗礼のときの必需品でもありますし、宣教師一行の健康や労《ねぎら》いのためにかなり持ち込まれたようです。

日本には、葡萄は古く奈良時代にシルクロード経由で持ち込まれましたが、葡萄の栽培はほとんど行われず、洋食の習慣のない日本では、ワインは口に合わないためか、ようよう明治の初めごろから細々と製造が行われたのだそうです。

お酒は旨い肴やおつまみがあってこそのもの。日本のワインは洋食の普及によるものではなく、第二次世界大戦時に電波探知機に必要なロッシェル塩の原料となる酒石酸を採るため、ワイン醸造が急激に進んだようです。

さても、河童の好む草酒は、不幸にして長い間噂話から遠ざかって参りました。作り方も伝承されておりません。ワインとは別に存在する幻の酒になりました。この酒の原料には、葡萄ではなく尻子玉を使うらしいという話が伝わっていますが、おそらく人間にとってはさぞかし臭かろうという意味も込めて「草酒」となったのではないでしょうか。そうでなければ、先人達はとうの昔に河童のいたずらの詫び証文を書かせる折に、その製法を教えなければ許さないと言って、聞き及んだに違いありません。

つまりは河童の草酒の話は、うそクサイ話ということで蓋をしておきましょう。

33 河童の甲羅について

かっぱを見て、日本人は、蛙の頭に亀の甲羅を付けた姿を想像したのでありましょう。一目見た人から人へと語り継がれていくうちに、ことに聖職者の衣装などは、ちょっと見には甲羅状の衣服のようでもあります。見た感じが、まるで亀の甲羅を着ているようだという話が、「まるで」という部分がなくなってしまったのではないでしょうか。

ともかく、河童の甲羅は取り外しができると一部の地域では伝えられています。衣服と同様である甲羅を外すと、人間に化けられると言われるのは、宣教師の甲羅状の衣服が異様に見えたからでありましょう。

亀さんのように、取り外しの利かない河童については、上から六番目の甲羅を押さえると、河童の力が急に抜けてしまうという話まであります（つまりロックを外すというところから六番目となったのでしょう）。

この話も、ある種の具体性を伴って本当らしく感じられて面白いですね。何しろ、甲羅のある亀は、甲羅をひっくり返されると何もできなくなるというところから、こんな話がまことしやかに伝わったのでありましょう。

話というものは、尾ひれが段々と付いて来て、面白くなるものであります。しかし、人の口から、口へと伝わっていくと、見たこともないような異様なものは、見たことのある類似のものに近寄っていくものであるとも言います。

西洋の異邦人は、初めて見た日本人にとっては、さしずめ現代人における宇宙人のレベルであったことでしょうから。

聖職者の衣装。亀の甲羅に見えるでしょう？

34　人間の手が左右繫がっていない理由

これは、河童の学校で知識として教えることです。人間の手の片方は神様と、そしてもう片方の手は人と繫ぐために作られているのですと。「だから諸君も時折は見るであろう、神の御手を」と河童は言っています。

決して神は両手では人間を支えないのだそうです。人間の片方の手は、助けを求める他の人の手を繫ぐためにあるのです。だから縮まないのです。

35　河童の腕が左右繫がっている理由

河童の手は、右に引っぱると左の手が短くなり、左の手を引っぱると右の手が短くなるという棒のような作りであるのだとか。また、河童の手は、引っぱるとすぐに抜けるなどと言ったことから、じつは藁人形になにかの念力が乗り移って、河童になったのではないかという説、または昔、神社を造営するとき、人手が足りなかったので、藁人形に魂を入れて手伝わせ、神社ができあがってしまうと、

それらを川へ捨てた、それが河童になったのだという説など、さまざまな話があります。

案山子《かかし》の場合、本来、役目を終えたあと、一年の農作物の収穫を感謝して、神社でのお焚き上げとか、収穫の感謝のお祭りの際に、燃やすことなく川へ供養とともに流したのではないかと思うのですが、河童も同じ役割だったのでしょうか。

宣教師らが日本に持ち込んだ十字架が、日本の案山子に似ているために、なおいっそう日本人に興味を持たれたのでしょうが、河童になぞるということは、ちょっと無理な話でしょう。


実は河童は本能的に知っているのです。片方の手は菩提心を、もう片方の手は、それを妨げるカルマを表していることを。

いくら引っ張っても抜けない手の場合は、菩提心の方の手です。抜けるのは、カルマの方です。しかしこのような河童は優れた河童なのだそうです。

36　河童の言語はラテン語といわれています

河童がラテン語を話すということは、河童が妖怪であるとする方々も、お認めになっています。
ラテン語は、日本の妖怪諸公には無縁のものであります。ラテン語を話すということは、洋物であ

る証拠であります。日本のものではないということです。

ラテン語は、宣教師達が他国に布教に赴くためもあって、習得しなければならない言語です。ザビエルもパリ大学でラテン語をわざわざ習った訳ですから、妖怪がラテン語を話す訳がありません。

さて、ザビエルが日本を去ってからも、我が国の妖怪は、まだカワロウと呼ばれておりました。妖怪＝カッパとなるには、まだまだ相当な日時を要したことでしょう。しかし、宣教師達の威厳に満ちたケープ（ポルトガル語）のおかげで、カッパは、妖怪より早くカッパという発音で豊臣秀吉や徳川家康（一五四三～一六一六）にまで愛用されることになったと推察いたします。

再びラテン語に戻りますが、海外布教の必要公用語としては全てラテン語を使っていたことでもお分かりの通り、カトリック教会での典礼は、一九五九年一月二十五日、教皇ヨハネ二十三世（一八八一～一九六三）が第二次バチカン公会議を招集し、準備期間をおいて一九六二年十月十一日に開催されました。それまでは日本でもラテン語でしたが、その後、各国は母国語で典礼を行うようになったとお聞きしています。

昭和になって日本の文豪達の研究によって、河童の言語はラテン語であると紹介されました。ザビエルを始めポルトガルやスペインの宣教師達は、前にも触れましたが、母国語の他にラテン語を習得し、日常会話はラテン語で話をすることができるまで学びました。

キリスト教の伝道には、国境を越えて意志の疎通が第一となります。ヨーロッパ諸国では、ラテン語は、ある種の共通の母体を持っていますから、他国に行っても、割合覚えやすい共通言語として有効でしょうが、文化の違う地方の国々への布教というものは、並大抵のものではなかったかと思います。

日本の河童さん、もう日本語を喋っているのかな。教会では、日本語になっていますよ。最近の河童さんは整形しているのか、嘴がなくなって、日本語が話せる河童さんが多くなったとも聞きますがね。

37 宣教師フランシスコ・ザビエルについて

すでに述べましたが、天文十八年（一五四九年）、イエズス会の宣教師フランシスコ・ザビエルは、鹿児島に上陸しました。翌年、平戸を経由して山口に入って、領主大内義隆《おおうちよしたか》（一五〇七〜一五五一）に謁見した後、上京しましたが、天皇に拝謁することができずに、十一日間で京都を離れて、天文二十年（一五五一年）四月に山口に戻り、再び大内義隆に面会をしました。

私は、かっぱの正体は、このフランシスコ・ザビエルに代表される宣教師達であると確信しています。

宣教師は、外国への布教の目的のため高度な教育を受けなければなりません。第一に、言語についての能力、これは基礎中の基礎であります。もちろん通訳がいれば何とか通じるとは思いますが、幸いにしてザビエルには、アンジロウという日本人との出会いがありました。布教には第一に言葉が通じることが必須条件です。

外国への布教ほど難しいものはありません。布教に対する並々ならぬ信仰に基づく決意と、長期間に亘る準備が必要であります。それにもかかわらず、行った先の人々の人間としての品格、政治の体制、その土地の宗教との対立、社会的なインフラなど、様々な条件が満たされなければ、布教は今日でも大変難しいものであります。

ザビエルは一五〇六年、スペイン北部のフランスとの国境に接するナバラ王国で生まれました。両親ともバスク人の貴族であり、父親は、そのナバラ王国の宰相でもありました。

一五二五年、十九歳の時に、フランスのパリ大学に留学して、修士の資格を得ました。フランスで、同じバスク人のイグナティウス・デ・ロヨラ（一四九一〜一五五六）と出会い、一五三四年ロヨラを中心とした七名の同志と新しい修道会イエズス会を結成しました。

一五四一年、ポルトガル国王ジョアン三世（一五〇二〜一五五七）の要請を受け、アジアへ派遣されることになりました。一五四二年からインド、セイロン、マラッカ諸島など、六〜七年かけて布教して一五四七年にたまたま日本人のアンジロウに出会い、これを機に一五四九年八月に来日することになりました。アンジロウは、日本ではヤジロウ（弥次郎）とも言われています。

鹿児島のザビエル公園には二人の出会いの記念像があり、また日本への渡来四五〇周年を記念し、同じ像をマラッカの教会にもという話もあり、既に建立されていることと思います。

38　ヤジロウについて

フランシスコ・ザビエルといえば、ヤジロウは欠かせない存在であります。敢えて申し上げれば、ヤジロウがいなければ、ザビエルは、日本には来ていなかったからであります。
ヤジロウは、元は武士であり、それなりの教養もあっただろうと思います。若い頃、訳あってか殺人を犯してしまいました。
たまたま、薩摩半島の最南端の山川にやって来た、ポルトガルの商船の船長で商人のジョルジュ・アルヴァレス（?～一五二一）に頼んで、マラッカに逃げてしまいました。ジョルジュ・アルヴァレスは、日本の米焼酎を研究したり、日本の文化史などを研究していたとも聞きます。
ヤジロウはまたの名をアンジェロと言い、鹿児島生まれであると言います。ヨーロッパ風にいうと天使という意味にも通じます。根が真面目な人であったのか、過去の罪を悔いているヤジロウを、ジョルジュ・アルヴァレスがザビエルに引き合わせてくれました。一説にヤジロウは、海賊またはポルトガルとの貿易をやっていたらしいと言われていますが、はっきりしたことは不明であるとのことです。

ザビエルはヤジロウを、当時ポルトガル領のインドのゴアに送り、一五四八年、ボン・ジェス教会での聖霊降臨祭において、彼は日本人初の洗礼を受けました。そしてパウロ・デ・サンタ・フェ（聖信のパウロ）の霊名をいただいて、同地の聖パウロ学院でキリスト教神学を学びました。東南アジア、中国における布教に苦慮するザビエルに、日本人の素晴らしい人柄等を説き、日本布教を決意させました。一五四九年八月十五日、ついに、ザビエルとともに、ヤジロウは日本に再上陸いたしました。そしてザビエルの通訳、神の概念や、聖句の翻訳、西日本地域で布教活動に従事しました。この間、かの空也上人が「捨ててこそ　捨ててこそ」と叫び続けたように、「究理、究理、究理」と何度叫び続けたことでありましょうか。

しかし、過去に犯した罪業は消えません。ザビエルあってのヤジロウです。ザビエルと別れた後のヤジロウの消息は、はっきりしません。中国辺りで殺されたとも、海賊をやっていたとも伝えられておりますが、私は、そうは思いません、おそらくは、隠れキリシタンとなって、活躍したのだと思いたいのです。

39　ワインとカッパのお話

一挙に話題は現代になりますが、ワインとカッパの子孫達の話として忘れられないものがあります。

二〇〇六年に福岡のカトリック教会聖職者である松永久次郎司教様が天に召されましたが、カトリック新聞のコラムにこんな話が載っていました。

一九九一年のお正月お祝いの席で、コラムを書かれた方とそのご主人が司教様にお目にかかったとき、コミュニストを自称するご主人に司教様は、「私は主任司祭になったことがあまりないから、洗礼を授ける機会が少ない。どうね、私がコレクションのワインを一本あげるから信者にならんね？」とおっしゃったそうです。

ご主人は「たった一本でなれる訳がない」と返したら、「そんなら二本ではどうか？」「まだまだ」「そんなら三本では？」「う～ん、考えてみる」と進み、

「そんじゃ、五本で手を打とう。あんたはワイン五本飲んで五回私の話を聞いたら洗礼を受けてもよかよ」

と話がまとまったのだそうです。

その後、ご主人は信者になって最後は司教様に看取られて「ありがたいこっちゃ」と最後の言葉を

残して、天に召されたとのこと。

喫煙とか、所帯を持つということは、カトリック教会では認められてはいないけれど、アルコールは禁止されていないことが何よりも嬉しいことですね。

40　人生観ならぬ河童観

人生観、いや河童観を河童の神父さんに聞いたことがあります。曰く、

$$\frac{する+なる}{ある} = \frac{なす}{ある}$$

あるぶんのなす。これだけだそうです。

これは河童の学校で習う、生き甲斐の方程式だそうです。

分母の「ある」というのは、両親より生を受け、今日までに、多くの河童の先達たちの助力の結果、私という存在がここにあるということです。

その存在として「ある」という基礎事実に対する「感謝」の念が強まると、河童の心の源としての魂の覚醒が起こります。

霊的な動物としての第二の誕生が、この「謝念」の誕生と言われています。河童の全てが享有していると言います。

信仰の原点は、何を置いても、命の存在に対する感謝の念のない河童には、神は宿らないというのが河童世界の常識であると教えて頂きました。

牧師の河野進氏（一九〇四〜一九九〇）の詩にこんなものがあります。

天の父さま
どんな不幸を吸っても
はく息は感謝でありますように
すべては恵みの呼吸ですから

すると、古い言葉ですが「報恩」の念が湧くのです。簡単に言えば、頂いたから何かお返しする気持ちが起こる。これが、分子の「する」ということです。「やればいいんでしょう」ではなく、「やらせて頂く」という精神が必要だと河童の世界の宗教は説いています。

江戸時代の川柳に「ただものを　あげるにしても　上手下手」というのがあります。お義理でお返しではないのです。世の中にお返しするのですから、それなりの境地が必要になります。ただ思うだけでは、世の中にはお返しはできないのです。

自らの境地を培わなければなりません。これを「なる」と言います。そうなった河童が「する」と、「なる＋する＝なす」となります。河童の好きな茄子は、この「なす」のことなんだと思っていましたが、本音は、どうも違うように感じたので、河童の神父さんに聞きましたら、河童はみんな義理堅いから、表向きは好きと言うけれど、本音は違うようだと教えてくれました。日本のどこかの神社に、義理と人情とご参詣とあったように、義理と愛想とお勉強といったところだと。勉強はしたくはないが、親孝行の真似も、お世辞笑いも、お勉強の真似もしないとね、というのが本音のようだと神父さんは笑っていました。

何しろ、元々、お義理と契約の世界ですから、してもらった程度でお返しをするという習慣が付いているので困っていると、河童の先生方も言っていました。

また、河童界の大方の文化は、人間界から持ち込まれるのでありますが、最近は、あまり良質なものは入ってこない上に、河童界は、人間に近い容姿にするために、胸の隆起の整形病院ばかりになり、人間界の歯科医院に当たる嘴病院の倒産が相次いでいるのだそうです。容姿が河童だか人間だか分からなくなってきたため、一旦鎖国をしようかと、大臣達が言っているということです。

41　ザビエルと病院

ザビエルは、一五一〇年十一月には聖堂の敷地内に病院を建設しています。来日した時には、医師であるサライバを伴って来ています。

キリスト教では、心と体は一体のものとする考え方が、非常にしっかりしています。不治の病と思っていたものが、治療によって心配のない体に戻ったときの喜びは、正に新しい命を得て復活したに等しいのです。

神を信じるにあまりあるということは、現代に生きる我々でも経験します。病院は宣教には当然必要な設備なのです。したがって、聖堂に付随して医療施設があるということは、必須のことであります。

この点は、日本では、ビハーラ（精舎、僧院、寺院のこと）系の病院は極めて少なく、私は、新潟の長岡西病院、四天王寺病院、あそかビハーラ病院のほか、二、三カ所しか知りません。しかし、数は少ないけれど、終末医療を大切にしておられるようだと聞いています。

日本はキリスト教の考えに基づく病院が非常に多いことは、大変喜ばしいことでありますが、ザビエルが日本に持ち込んだと言われる最大のお土産は、医療機関であります。ザビエルが日本へもたらしたものは、病院、ハートのマーク、金平糖、カステラ、合羽、ワイン等です。

日本の大病院で宗教の精神の基盤に基づく運営がなされているところは、キリスト教関係ではかなり多いのですが、仏教系の大病院というと、前述したように、ないに等しいのです。

俗説によると、キリスト教は生前の心身も、死後の魂も救い、仏教は、死後の世界をより大切にするからだなどと、適当なことも言われます。決してそんなことはないと思いつつも、何故仏教系の病院が少ないのかという疑問は残ります。宣教に伴う、外国からの膨大な寄付金による場合もあったのでしょうが、それにしても差がありすぎると思います。

42 ハートのマークとザビエル

ザビエルが日本に持ち込んだハートマークは、絵で見るとまだ心臓の鼓動が聞こえるような、生々しさを感じる部分もありましたが、いずれにしても、ヨーロッパではかなり古代より、心の表し方、

ことに愛情の表現としての役割を担っていたと思われます。また、イタリアの社会階級からは聖杯、聖職者、僧侶を表現したものとされていました。

心臓の形のイメージが強いハートマークですが、モチーフの元になったのは植物の種からという説もあります。

紀元前七世紀頃のギリシャ人の植民地で栽培されていた、シルフィウムというハーブの種がハート型をしていたことから、当時発行された銀貨に刻印され、モチーフが広まったということであります。しかし、残念ながら幻のハーブとされていて、すでにもう絶滅してしまっているそうです。ハートのマークは、似たような形状のものが世に溢れています、何かのきっかけで爆発的に拡散されたものでしょう。しかし、起源などは、どうでもいいでしょう。使い方が人々に愛されればいいのです。

しかし、ハート＝心臓として描写されるようになったのは中世からと言われています。中世では心臓は感情を司る器官であるとされていたことから、ことに宗教画等で、信仰への愛の証として心臓をモチーフにした画が多く描かれています。相手に心臓を捧げることは愛情の証で、愛情表現として多くのハートモチーフが描かれていました。また、絵画だけでなく、詩や物語にも心臓を捧げるといった描写が出てくるようになりました。

ハートマークは約四五〇〇年前、ザビエルによってヨーロッパからトランプが伝わったときに、ハートやダイヤ、クラブとともに伝えられました。江戸時代初期にこれが服飾や靴、帽子の模様に取り入れられます。いわゆる「キリシタン文化」です。

ちなみに日本の建築などで見られる、同様の形の文様や透かし彫りは猪目《いのめ》と呼ばれます。日本の神社などで見られる猪目は猪の目をモチーフにした紋様で、魔除けや、福を呼ぶ護符とされてきました。

菅原道真（八四五～九〇三）の霊を祀る石川県加賀市にある江沼《えぬま》神社。その敷地の一角にある長《ちょう》流亭《りゅうてい》のお茶室には、ハート型をした透かし彫りの欄間《らんま》や庭石などがあると言います。

近江出身の茶人で建築家の小堀遠州《こぼりえんしゅう》（政一《まさかず》、一五七九～一六四七）はこのハートマークを好んで使ったと言われます。美術関係のアドバイザー役をしていた遠州が住んでいた京都の大徳寺《だいとくじ》の茶室には、ハート型をした火袋の灯篭があるそうです。

なぜ、長流亭のお茶室にハート型の欄間や庭石があるかというと、遠州は加賀藩の三代藩主・前田《まえだ》利常《としつね》（一五九四～一六五八）と交友関係があり、その縁で長流亭のお茶室の原型を作ったと伝わっています。

この時代にハート型を取り入れたお茶室は、これまでの伝統的なお茶室と違ってモダンな造りだったんでしょうね。

加賀藩はキリシタン大名の高山右近《たかやまうこん》〔一五五二（三？）～一六一五〕が長く暮らしたことからもキリシタン文化と縁が深く、江戸時代のハートマークが伝わる長流亭は貴重な名所と言えるでしょう。

日本ではいろいろな色のハートが自由に使われておりますが、海外ではその色に結構意味があるようです。黒は「あなたのことが嫌い」だったり、茶色は「親友だよ」っていう意味だったり……。

そのハートの色には結構意味があるので、文化が違う人に送るときは少し気にしてから使う方がよさそうです。青のハートは「揺るぐことのない愛」「信頼」という意味があるそうです。

43 ザビエルが世界へ布教に出た理由

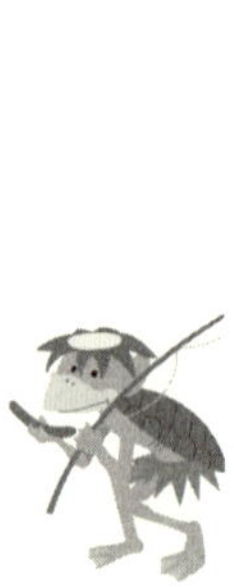

キリスト教ではプロテスタントという一派が力を持ってきましたから、従来からのカトリックとしても負けてはいられないと、新たに信者を獲得する必要に迫られました。しかし、狭いヨーロッパでは限りがありますので、あらたにキリスト教圏以外の、世界に布教をすることとなりました。
宣教師達は、神父の他に二枚目、三枚目の名刺を持っておりました。また、宣教集団を結成する折に、宣教先で歓迎されるため、まず医学、薬学、哲学、土木建築、治水学、経済等に精通した者を同伴させることを試みました。
また、宣教と同時に、ポルトガルとの交易に繋がるためのいろいろな知識、実務も大学で学んでおります。本業の布教についても、弁論、話術なども付帯して、修練と外交官的技術を習得しておりました。

全てではありませんが、異民族との激しい生活の交流、異民族との宗教観での交流等のなかった日本の僧侶達とでは、かなりギャップがあったでしょう。

44　女河童に乳房の誕生

河童伝説は、人間にとってあまり性別は必要なものではありませんでした。狐や狸に化かされたという話もずいぶんと聞かされましたけれど、女狐に騙されたという、性別の特定は聞いたことがありません。

しかし、河童は人間の夢の中でだんだんと育まれて、夢見るペット化して、しかも人間に近づいて参りました。そのため人間との密接な交流には、どうしても性別が必要になってきました。

女性の河童には、乳房がありませんでした。噂話の設定では、水の中で産み落とされ、子供はすぐに一本立ちできるものとされるので、乳による養育は必要とせず、乳房はいらなかったのでしょう。

女性の河童を最初に生み出したのは、清水崑さん（一九一二〜一九七四）ではないかと聞き及んでおります。初めて河童に乳房を描いたのです。しかしその他の容姿は、男女とも従来の姿を踏襲されております。

河童のモデルとなった宣教師達には、当時女性はいなかったのです。行ったこともない外国が、どんな人達の住むところかも分からずに、いくら宣教のためとはいえ女性に行かせる訳にはいきませんから。近代社会になって、安全であることが分かってからの派遣である必要がありました。最近になって、女性の宣教師が生まれました。

日本では、次に小島功さん（一九二八～二〇一五）がいとも悩ましい女性の河童を誕生させました。小島功さんの河童は、トンスラは頭部の簪《かんざし》の如き装飾品となり、甲羅を水着にし、容姿は人間そのものでした。ただ男性は、嘴、トンスラ、甲羅が河童そのものでした。人間と識別する必須のお道具だったんですね。

ところが河童界では、乳房が誕生したことが大問題になったのです。なんと言っても、河童が水に入るときは、それはそれは水の波紋が美しかったのです。人間達も気がついていることと思いますが、男の河童達の生殖器は、用済みの後はきちんと格納され、外部からは性別が分からないようになっています。それは立つ鳥跡を濁さずと人間界でも言われるように、水に入るときは、波紋の乱れがない

小川芋銭の河童

ように気を使っていたのでした。しかし、乳房を描かれたことで、女性の場合は波紋が乱れてしまったのです。

そこで、地球も段々温暖化が進み、女性の河童の肌が焼けるようになってきたこともあり、河童の長老からの指示があり、身だしなみのことと併せて、人間には見えない透明の薄衣《うすぎぬ》を女性は着るようになりました。

ところが最近の女河童は、人間界の道徳の乱れを知ってか知らずか、水に入るときに薄衣を着るのを嫌がり、水辺に脱いでおく不道徳な河童が出てきて、今問題になっているのです。

薄衣を身につけることによって、より美しい波紋を残し、第二の芭蕉が出現したときに、詩情豊かな風景を俳句にしてもらい、後々までも我々河童一族の存在を高からしめんと期待していたのでありますが、この希望は期待できなくなりそうです。

45　湿気の強い町

ご存じの通り河童の身体には、湿った気候が合っています。

河童の住みたい場所の一つは、作曲家の團伊玖磨《だんいくま》氏（一九二四〜二〇〇一）がお住みになっていらした、雨の多い八丈島がナンバーワンであると言います。移住の希望者が跡を絶たないのです。

しかし噂によると、岩手県遠野市の観光協会からは、河童の捕獲を奨励しているかのような許可証を発行しているということですが、こういう物騒な場所に近寄るのは危険です。八丈島の町長に河童の捕獲禁止条例を作って頂くよう、長老達が、陳情に行く予定であるといいます。

大体において、捕獲許可証など人権尊重を謳う人間の所業とは思えません。河童権を損なう点において、この上ない侮辱であります。

46　仙人との関係

河童が一番危惧するものは、いわゆる仙人と称する連中であります。

昔、インドのハラナ国の一角仙人が、雨の山道で濡れ土にすべり転んで大切なビンを壊してしまったと言います。仙人は、世の中に雨などという碌でもないものがあるからだと考え、降雨を司る各所の龍神を捕らえて、十二年もの間、一つの水瓶に閉じ込めてしまったのだそうです。

なんとかして、この仙人の神通力を失わせて龍神を救出しようと、人々は国中の美女三〇〇〇人を侍らせ、媚びを尽くし、誘惑し、歓喜丸という媚薬を酒に混ぜたりして、ようよう仙人を骨抜きにして、龍神を救い、雨を降らせたと言われています。

河童は、こういう人間がよく仙人になれたものだと、軽蔑の感情すら持ってしまっています。しか

しよく考えると、これは仙人ではなく、こういうのを悪魔の化身と言うのかもしれません。

不思議なことに、人間が悪魔になるということは、いとも簡単なのです。魂を悪魔に売って、化けの皮を買って着ると悪魔の仲間入りができます。悪魔が勝手に仙人と自称しているにすぎません。人間は、すぐ剥がれるような安物の化けの皮を着たがると、河童界の長老が教えてくれました。

仙人と河童の違いは、まず、仙人は不老長寿が目的の一つであるから、肉体というものを鍛えようとします。河童と違って、仙人の正体は人間であり、住居は山岳系が多く、河童のヒョロヒョロ系と違って、鍛え上げたスリムな印象を受けます。つまり一種のボディビルダーです。

もう一つは、超能力の取得です。仙人の場合外面重視であり、河童には到底理解ができません。しかし、超能力取得には、想像を絶する鍛錬が必要になるのに、極めてお粗末な食事しか口にしないという、相反する行為があります。何が故の超能力なのか、仙人共通の目的というものをお聞きしたことがありません。

まあ、天空を駆け巡るというのは、結局人間の空想の部分でしょうか。極限まで肉体をいじめるときに起こる一種の幻覚症状を語ったものが、話の種になっているのではないかと思ったりもします。

しかし、夢を枕にした物語でも、大変面白い話も多いのは事実です。ことに、色欲による神通力の喪失は、痛ましい限りでありますが。

河童には、もっぱら不老長寿を望むという考えはありません。

河童は転生輪廻を信じているし、魂は永遠なるものと思っていますから、不老長寿だけを目的に生きるのは、甚だもったいないと思っているのです。

超能力は心を鍛錬しないと、だいたい魔力に取り憑かれて、魔王の魔力を自分の力と錯覚します。求めずして身につく超能力こそ、神のプレゼントです。そして、それは、ご自分のためには使えないのです。ご存じ、イエス様のように。

超能力は、神様の代理人として使うときに宿る力なのです。

47 壇ノ浦での女河童の誕生

多分、江戸時代にできた話であろうと思いますが、一一八五年三月十四日の夕暮れ、源義経の高速船団が、平家の舟を長門の檀ノ浦に追い詰めました。討たれた平家の武士は蟹となったと言います。

女官達は、神に命乞いをして祈ったところ、河童の神は、その願いを聞きつけ、女官達に河童になれば入水して死ぬことはないと伝え、且つ、永遠の命を与えると約束してくれたので、彼女達は我先にと入水したのだそうです。

そうやって逃げ通して女河童となった彼女達が、ふっと振り返ってみると、何とそこには源氏の白旗がなびいているではありませんか。まだ追ってくると思ったのでしたが、よく見ると、それは白い

蕎麦の花だったのでした。丘に上がった女達は、既に嘴が生えていたと言います。河童の神は、蕎麦の作り方、食べ方を教え、歯のなくなった彼女達に、生きる術を教えたのだそうです。

48 河童の医学界情報

河童の医科大学を覗いてみないかと、知り合いの河童の医学生に誘われて、のこのことついていってみました。

ところが教室を覗くと、何やら河童の薬学部のS教授が医学部のK教授に、いちゃもんをつけに来て口論になっているところでした。

薬学部の教授の言い分は、この頃、医学部の教授達ときたら、薬に頼らない健康法などと称して、薬を使わない治療法を教えているため、薬学部への人気に影響が出ているというのが、その主張らしいのでした。

医学部のK教授は反論しました。

「冗談じゃない、効き目の強いものとか、長期間飲ませておくと、副作用が強くなっているのを知らないか。君の方は、患者に接することはあまりないだろうが、文句を言われるのは、いつも我々なんだ。今も糖尿病の患者に、二十年も飲んだ薬のせいで、筋肉が全く衰えて歩けなくなったと文句を言われていたところだ」

S教授も負けてはいられずと言いました。

「冗談じゃない、二十年も同じものを投与する方がおかしいんだ。ちゃんと、常態を診ているのか」

やかましい言い争いが続きました。人間の社会も、河童の社会も似たような悩みが尽きないものです。

しかし時折、人間社会で問題になった事件が、河童の世界でも大いに警鐘となって、ありがたいこともあります。

河童の医学界に於いて誇れる部門といえば、薬の副作用についての河童界挙げての統一した学会があります。昔は副作用については患者のかすかな申告に頼っていたのでしたが、昨今の河童界では、病気によっては、快癒後の副作用の定期検査が義務づけられているのです。

かなり前、尻子玉を常食としていた頃、中毒患者に投与していた薬の副作用に悩んだのが、その理由なのだそうです。

49　河童の手当

手当という言葉の意味は二種類あって、一つは医療行為、もう一つはそこから派生した給与のシス

テムのことを言いいます。

そもそもは、人間が第二次世界大戦等といって殺し合いをしていた時分、軍需工場では残業に次ぐ残業で本給に傷ができたので、補給のための給金を、単なる「手当」と言ったのが最初です。

現在の給与システムには、多様な家族手当、勤務手当、残業手当等々、キリがないほどの種類がありますが、昭和二十年代までは、単なる手当という名称の、何となく不満解消のための一時金のようなものが支給されることが、中小企業にはずいぶんありました。

本来の手当とは、手を患部に当てて行う、医療行為のことを言いました。

労咳《ろうがい》と言われた時代の肺結核を患った子供などは、母親が長時間子供の胸に手を当てて治したといいます。

河童のP教授によると、昔、網走刑務所という、人間世界で悪さをした連中を閉じ込めておく場所を見にいったとき、「網走スタイル」という、あぐらをかいて体を丸めて、両手の十本の指で生殖器を暖めていたのを見たそうです。これも、河童から見ると手当です。人間が冬山で凍死するときは、まず生殖器から、冷えるそうです。

河童も人間も大体同じですが、腕組みという格好は、思案をしたり、気持ちを静めたりするときの、自然な手当であると言います。よく見ると右手で心臓の辺りに手を当てています。バランスをとるために左手も使って腕組みをしています。

頭痛のときの鉢巻きというのも、鉢巻きは手当の一種なのでしょう。野球のデッドボールも、痛いところに手が行きます。ずっと手を当てておいた方が治りが早いのでしょうが、人間は、格好を付けて我慢してしまうのです。

河童だって風邪は引きます。

手のひらを見て腕時計のベルトの位置から肘の内側辺りまでを反対の手で叩きます。赤くなるまで叩きます。左右両方叩きます。出先で薬のないときは、鉢巻き兼用で具合がよくなると言います。家にいるときは五十五度の熱めのお湯を湯呑みに入れて、腕を叩く代わりに腕の内側に付けたり、離したりして赤くして体調を整えるそうです。

眠れないときは腸を温めるという方法もあります。腸に手を当てて寝る、腹巻きをするとよく眠れるとのことです。膝から腰に向けて温める、両手を温めるのもいい方法です。赤ちゃんは、眠くなるとお手手が熱くなります。逆に、朝に顔を洗うのも、手を冷やして眠気を覚ますからでしょう。これらは大体、河童が来た江戸時代のお手当法のようです。

50　河童の世界は六進法

国際日本文化研究センターの怪異・妖怪伝承データベースによると、河童の指は手足ともに三本ずつと言われています。したがって、河童の世界の数学の基礎は、六進法であります。

人間の指は手足とも十本ずつでありますから、十進法であります。お分かりのことと思いますが、数学の基礎は人も言うように「指折り数えて」からのスタートだと、河童の数学の先生もおっしゃいます。

古代エジプト数字も、ギリシャ数字も、六の冪数《べきすう》で新しい数字が登場しています。最も数学的に素敵なのは、実は「十二進法」だと言われています。「12」は「2、3、4、6」で割り切れるため、分数や小数の問題が生じにくいのです。それにもかかわらず五の倍数の「進法」が多いのは、やはり私たちの手足の指の本数に由来していることが考えられます。

六十進法は、現在でも、時間（六十分＝一時間）や角度（一度＝六十分＝三六〇秒）のように、国際的にも六十進法が用いられておりますが。

これは、一説によればですが、一年がほぼ三六〇日であることから来ているとも考えられております。

いずれにしても、時間も角度も円のイメージ（循環）で考えることができるものは六十進法が便利だということかと思われます。

51　仏飯に弱い河童

河童は人間の大人よりも力が強いのですが、「仏前に供えた飯を食べた後に戦えば子供でも負けない」と言われています。これは、かっぱである宣教師の説くキリスト教と、従来からある仏教の僧侶との論争の様子を想起した話でしょう。かつては日本の各宗派も互いに勢力争いをしておりましたから、その確執は相当なものであったと思われます。

ただ九州方面では、異国との貿易などで外国文化に触れる機会が関東より多かったので、外国からの文化の一つとして、すんなりとキリスト教が受け入れられたようです。

宗教の論争というものは、どちらが勝ったとか、負けたとか言うものではないと思いますが、軍配など持ち出せば、やはり行司の都合次第ではないかと思います。つまり、仏飯に弱かったということは、仏教が強かったという噂の方が広がりやすかったのでしょう。

52　河童を祀る寺社

我が国には、河童を祀る寺社がいろいろなところにあります。大変に嬉しいことであります。そして祀られるに当たりまして、その所以もまた、長く伝承されております。私が行ったところもあれば、これから行ってみようかなと思うところもありますが、思い着くままに、列記しておきます。

ただ、河童さんに手を合わせるときは、なんて言うのと時折聞かれます。私は、いつも「遊ぼ」と言って手を合わせます。

●常泉寺

神奈川県大和市福田二一七六

曹洞宗　一五八八年建立

花のお寺でもあります、河童御朱印は水曜日のみですが、素敵ですよ。

三〇〇体以上の河童がお待ちしております。

●手接《てつぎ》神社

茨城県小美玉市与沢一一一二

河童伝説発祥の日とされている十月九日は、祭礼が毎年、地元の方により執り行われているそうです。「手に効く秘法」と「きりすね」。手接神社ではその「きりすね」をご希望の方に、神社を参拝した後に渡しているそうです。

●大龍寺

京都市右京区梅ヶ畑高鼻町三七

烏樞沙摩《うすさま》明王《みょうおう》を祀る烏樞沙摩堂には河童が彫られています。

二代目中村鴈治郎《がんじろう》（歌舞伎役者、一九〇二〜一九八三）が奉納したコミカルな阿吽《あうん》の河童です。

●曹源寺　かっぱ大明神

東京都台東区松が谷三－七－二

本堂正面には、手塚治虫や水木しげるなどのマンガ家が描いた河童の絵が三十数枚掛かっています。

河童堂（中には河童の手とされるミイラがある）や河童の像が境内の至るところにあります。

●磯良《いそら》神社
宮城県加美郡色麻町大字一ノ関字東苗代二八
木彫りの河童がご神体だそうです。河童から伝わった河童膏《かっぱこう》という薬があり、どんな傷も治るという秘薬だそうです。なんと例祭の日には、この河童膏を社務所で分けてくれるそうです！

●栖足寺《せいそくじ》
静岡県賀茂郡河津町谷津二五六
臨済宗のお寺。寺の裏の河津川に住んで、いたずらをして井戸に逃げた河童が、命を助けて頂いたお返しに大きな壷にせせらぎの音を封じ込め寺に寄贈した。壷に耳を当てると河童の無事のときにはせせらぎの音が聞こえるという、何とおしゃれな伝説ではありませんか。

●河泊《かはく》神社
高知県南国市稲生
祭神は河童の霊です。子供達の相撲大会とか、本格的な河童のフィギュア等が素晴らしいとか。

以上の他にまだまだ、数え切れないほどカッパカッパとあります。河童愛好家の皆様には、必ず私共の知らない素晴らしい河童のお社をご存じかと思われます。どうぞ貴方様しかご存じないところを案内くださいますようお願い申し上げます。

河童がそれぞれに祀られる縁起は多少違います。姿も形も少しずつ違います。元々呼ばれていた名前も違います。しかし時が経つと、日本では河童と呼ばれるようになります。

現在多く伝えられている河童の容姿は、子供のような体格で、全身が緑色。背中に亀の甲羅のようなものを背負っていて、頭の上には丸い皿があります。この皿には常に水が張られています。

「このお水はどうやって満たすのでしょうか」などと言う野暮なことはお聞きくださるな。皿よりも夢がこわれてしまいます。

河童は貴方の胸の中にだけ生きているのですから。

53　河童の女性が薄衣が濡れるのを嫌がる理由

悲しいお話ですが、江戸時代には子供の間引きが頻繁に行われていたようです。しかし果たして、

川などに子供を捨てるだろうかとは思います。

河童は、亡くなるときに亡骸を人間にお見せすることはありませんから、それは河童ではありません。河童は、若い女性に取り憑くという言い伝えもありますが、河童は、人間に憑依するようなことはありません。

人間は訳の分からない出来事、伏せておきたいことがあると、河童に濡れ衣を着せてしまうのです。何故かというと、濡れ衣は、河童にとって深い因縁があるのです。

人間の目には透明で見えない薄い布着というものがあります。本来、河童の女性が普段身につけている着物で、強い日差しを避けるためのものです。しかし、河童の女性はこの薄い布が濡れるのを大変嫌がるのです。濡れないように、川に入るときに脱いで、木に掛けておく習慣があります。それを知ってか、知らないでか、人間がわざと水を掛けて布を濡らして、イタズラをするのです。

濡衣塚

もともとは福岡市博多区の聖福寺《しょうふくじ》というお寺の西門近くにあったと言われていて、現在は博多区千代三丁目の交差点そばに移された濡衣塚《ぬれぎぬづか》という碑があります。

聖武天皇の時代（在位七二四〜七四九年）、筑前に赴任した佐野近世《さのちかよ》という国司に美しい娘がいて、その溺愛ぶりに嫉妬した近世の後妻（娘の継母）は、ある日嫌がらせのため、漁師に金品を渡して『娘に釣り衣を盗まれた』と夫に訴えさせたところ、娘の部屋を覗いた近世は、娘が濡れた釣り衣を掛けて眠っている姿を見て逆上し、怒りにまかせて娘を斬ってしまったというのが、濡れ衣の語源です。

この殺された美しい娘は、もう二度と人間の世界には戻りたくないということで、いまだに河童の天国にいます。

河童の世界では、この話は有名であります。どうしても、着ている薄衣が濡れるのは凶事の前兆のように受け止められているようです。

どうぞ、人間の皆様におかれては、河童の女性の薄衣を見ても、水を掛けないでやってください。

54　着ている合羽から河童の誕生

日本に宣教師のフランシスコ・ザビエルが来るまでは、カッパと発音するものは存在しませんでした。カッパは、ポルトガル語であるからです。英語では、ケープと発音するものと同じものです。宣

教師が着ていた、異様ではあるが権威の象徴として何となく威厳を感じます。
現に、織田信長、豊臣秀吉の御愛用品ともなるこの毛織物について、初めて見た日本人が、その冒しがたい威厳さを感じさせる異様なものに興味が湧かない訳がありません。ザビエルも、自分を見る日本人の眼差しに注目したことでありましょう。

日本人はヤジロウに、これは何というものかを聞いたことでしょう。返ってきた言葉は「カッパ」ということで、「何のために日本に来られたか」と聞く人より、はるかにカッパを聞く方が多かったと推察します。

カッパというものを着た異人さんが河童になるには、そう時間もかからなかったと推察します。

「合羽」は十五世紀の後半から十六世紀に、ポルトガルから来日した宣教師の着ていた衣服を真似て作った防寒コートで、「南蛮蓑」という名でも呼ばれていました。袖がなく、広げると丸い形だったことから、「丸合羽」とも言われました。マントやケープをイメー

ビロードマント。名古屋市秀吉清正記念館蔵

ジすると分かりやすいのではないでしょうか。

当初の素材は、ラシャ（厚手の毛織物）製。なかでもワインレッドのような色は「猩々緋《しょうじょうひ》」と呼ばれ、舶来の毛織物の最高級品とされました。織田信長や豊臣秀吉といった戦国時代の大名達は、最高級のラシャで作られたカッパを珍重し、「カッハ、カハン、カッパ」等と称して身辺に置いたそうです。

江戸時代には、素材として木綿や桐油紙《とうゆがみ》が使われはじめ、また袖付きの形も作られるようになり、雨具として庶民に一般的に使われるようになりました。現在では、「合羽」「雨合羽」といえば、形を問わず、レインコートなど雨具全般を指す言葉として使われています。

55 化け灯篭

一二九二年、下野国《しもつけのくに》の有力者であった侍、鹿沼勝綱（権三郎入道教阿）が鹿沼城を築いたときに二荒山神社に寄進した、青銅製の灯篭があります。

暗くなると上部の箱の中に火が灯され、境内を照らしました。夜には、その灯篭の明かりがあたかも化け物のように見えたことが、化け灯篭という特徴的な名前の由来となっています。

江戸時代（一六〇三年～一八六八年）の終わりまで、二荒山神社の境内では夜間警護の侍が見回りを行っていました。その際、侍は灯籠の明かりを亡霊の炎と見誤り、たびたび灯籠を日本刀で切りつけたと言います。灯籠の各所に刻み込まれた七十数箇所の小さな刀傷はそのときのものです。

56 河童灯籠

灯籠と妖怪については、怪しげなお話がたくさんあります。有名なのは、先ほども述べた日光二荒山神社の化け灯籠（唐銅灯籠）です。

そもそも灯籠は何のためにあるのかと聞かれますと、仏教では「灯」が邪気を払うとされていて、仏前に火を灯す風習（献灯）が今でも受け継がれています。また、亡くなった人があの世で迷子になるのを防ぐため、道標となる明かりの意味もあるようです。

二荒山神社の化け灯籠

また、庭園に風情を添えるため　雪見灯籠や置灯籠《おきどうろう》等もありますが、面白いのは山灯籠です。自然石をわずかに加工した石を組み合わせた灯篭です。

東京大田区の池上梅園にある山灯篭は「河童灯篭」です。灯篭が河童を捕まえたのか、河童が灯篭に化けたのか。河童の様子から、どうやらここが居心地がいいので、河童はここにいたいのだと言わんばかりです。

池上梅園にある河童灯篭。著者撮影

57　本庄基晃画伯と河童の関係

本庄基晃《ほんじょうもとあき》画伯（一九三八～）といえば、仏画、富士山、河童しか描かないということで知られておりますが、神仏との出会いによって、心を打たれ作画されておられたと聞き及んでおります。

「出会いは人には作れない」と貴人から聞かされたことがありますが、正に心が筆を動かしている画

風です。本庄画伯は、長野の自宅の庭の里蕗《さとふき》のあたりから、雨天など、お天気が悪いときなどに河童が出てきて、何と、どこに住まいを移しても、画伯に乗り移ってくるようだとおっしゃいます。

背丈は六十～七十センチほどで、大きな眼に大きな耳を持った河童だそうです。ですから、画伯が描いたといっても、実は分身の河童が描いているのだとおっしゃいます。じつは、仏画も富士山も河童も乗り移った河童が描いているのです。

河童は、東洋風に申し上げると、アラハン（阿羅漢……仏教における聖者のこと）を目指している生物でもありますから、自分の煩悩というものを、敏感に察知することができるのであります。多くの煩悩を、生まれた環境、血縁、時代から吸収して、心に蓄えていますが、自覚し修正するたびに体内からガスとなって出るそうです。

そのガスを、人間が「河童の屁」と言っているのです。浄化されて出てくるから、臭みがないのです。そして煩悩が浄化され尽くしたときに、最後の「屁」の力で河童は天上界に帰ります。これを、「最後っ屁」と言うのであります。

58　棟方志功殿は、河童の画もとんがっています

世界に誇る版画家の棟方志功先生（一九〇三～一九七五）は、表現される多くのものに共通した鋭さを感じます。河童を殆ど直線で表しておられますが、素晴らしい河童です。あるとき、俳句も詠まれることをお聞きいたしました。

やはり鋭いのです。

立山の北壁けずる時雨かな　　棟方志功
菊負けずほぐれる部屋の仕立てかな　　とっこ

二番目の句はかっぱの句です。何でこの駄作を並べたかというと、一句目の志功殿の十七音の句を使って別の句を作ったもので、「アナグラム」といって、人間の真似をして喜ぶ河童の言葉遊びです。

意味は、お部屋があまりにも立派なもので、思わず緊張をしてしまいそうですが、生けられている菊の花が、緊張を和らげてくれるように生けられて、見事な佇まいとなっているという意味です。

59　金太郎伝説と河童伝説とのぶつかり合い

日本には金太郎伝説があります。怪力無双の子供が熊と相撲を取って負かしたという話ですが、十世紀頃からの古い伝説で、不思議なことに、生まれた場所というのも日本国中数カ所にあるそうです。長野県、高知県、宮城県、神奈川、静岡県境。また亡くなった場所も富山県、岡山県などの地域に広がって、さっぱり本当のことは分からないといいます。

私は子供の頃から、足柄山の金時さんの童謡をよく聴いていましたので、てっきり神奈川、静岡県境の足柄山が出生地だと思っていました。

昔から、浮世絵などにもよく描かれていた、元気で逞しいその容姿は、お伽話の絵本でもよく見ていました。菱形の腹巻きに丸金のマークは印象的でした。また、オカッパ頭も、今ではトンスラを思わせます。

天正九年（一五八一年）近江の国・坂田郡布施郷、坂田の金時がここで誕生したという説もあります。鉞《まさかり》伝説も、この地が製鉄の盛んな土地柄であったからだとも伝えられています。カッパのトンスラ、相撲好き、怪力などが河童伝説に一役買っているのではないでしょうか。

金時さんも河童も、あまり出自がはっきりしていないところが互いに融通し合って、また主張し合って、今に至っているようで面白いですね。

金時のトンスラはカッパと共通、相撲の怪力は金時から、同じトンスラのカッパへと話が移りましたが、金時さんのイメージとカッパのイメージは互いに強かったので、合体はしなかったのではないでしょうか。河童は、相撲が強いという付け足しを頂いたのですが、金時さんは、イメージがはっきりし、国中にその伝説が浸透していたため、他の謎めいた妖怪のようにはならなかったし、逆に伝説としての地位が向上したのではないでしょうか。

60　何故河童は、瓢箪を怖がるか

俗に、河童の好物といえばキュウリ（胡瓜）といわれている一方、苦手なものの一つがヒョウタン（瓢箪）だと言われております。
瓢箪は、漬物用に限られた物以外は毒性があるので食用にはならず、道具の材料として重宝されてきた栽培植物でありました。
河童が、なぜ瓢箪が苦手なのかと言うと、一つにはその浮力にあると言います。水中に相手を引き込もうとしても、相手に瓢箪を持たれると、浮力があるため、なかなかうまくいかないというのです。
しかし、河童は瓢箪が苦手というより、むしろ怖がると伝えられています。その理由は、瓢箪が何に使われていたかということに理由にあります。

熊本では、河童は瓢箪を持った人を見ると逃げるとまで言われておりました。信長時代より、瓢箪は戦いの折に火薬を仕込み、雑兵共に運ばせていたからだと思います。争うことを嫌う河童達は、このほか兵器を嫌った訳でありますから、見ただけでも恐れおののいたことでありましょう。

火薬といえば、火縄銃という鉄砲がつきものでありますから、河童としたら、いつ試し撃ちの的になるか分かりません。これが本当の理由ではなかろうかと思いますが如何でしょうか。

瓢箪の話が出たついでに、昔から「ひょうたんなまず」という言葉をよく聞きました。調べてみますと、足利四代将軍義持（一三八六〜一四二八）は歴代将軍の中でも一際禅に感心が深かったようで、ある時義持は「丸くすべすべした瓢箪でネバネバした鯰《なまず》を取り押さえることができるか」という公案を思いつきました。なんとも捉えようにない公案です。これが世に言われ

河童は瓢箪が苦手

る「瓢箪鯰」のお話の始まりのようですね。

61　河童は何故相撲が好きか

カッパと呼称される以前の河童は、水の精霊で川の神、水の神としていろいろな信仰の対象となっておりました。その神祭の一環として相撲の興行が行われたようです。

しかし、ザビエルという宣教師の登場で、河童伝説は新たなカッパという名の許に、妖怪の容姿のイメージとして段々と統一されて参りました。

いろいろな水気のある妖怪達の呼称は、異人としての宣教師の衣装の合羽という呼称に吸い寄せられるかのように、引きつけられていきます。それとともに、立派な外国の宣教師達の異様なる顔形に接し、強い衝撃を受け、従来の日本での妖怪を想起し、拡散していったと思われます。

この激変期に於いて、何と宣教師フランシスコ・ザビエルの頭髪のトンスラは、早速妖怪カッパのお皿となり、丸い亀のような僧服は甲羅になり、高い鼻は嘴となりました。ついでに水神信仰の祭の相撲も、新しく河童の好物とされてしまったのでした。

その頃、日本全国に行き渡っていた頭の上にお皿がある金太郎伝説とも相まって、相撲が強いことにもなったのではないかと想像します。金太郎にも頭の上にはお皿があるにもかかわらず、金太郎伝

説が妖怪的内容と一線を画していたのは、主役の金太郎が、れっきとした人間であったということにありましょう。

逆に気の毒なのは、ザビエルでありました。身ぐるみ剥がされて、いつの間にか河童化されて、大切な伝道の中身である究理（明治までの言葉で宗教や哲学のこと）まで食べる胡瓜と誤解され、河童の好物は胡瓜等と、いつしか誤解されてしまったのでした。

62　河童のことわざ

河童の出てくることわざの一つに「河童の寒稽古」なんていうのがあります。寒中に寒さに耐えて行う稽古のことだそうです。

人間にはやはり寒稽古はつらいとみえて大変な辛抱と努力が必要です。そんなところから、いつも水中にいる河童にしてみれば何でもないことを、人間の目で見るとつらそうに見えるものを言うのだそうです。

河童の世界と人間の世界はほぼ逆ですね。河童からしたら「人の日照り稽古」みたいなものですかね。

その他には、皆様よくご存じの「河童の川流れ」「河童に水練を教える」くらいで、河童についてのことわざが、不思議なことに少ないようです。

63　河童は今、人間の世界に戻ることをためらっている

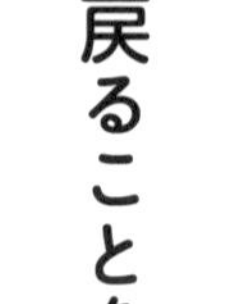

河童は、日本人に最もよく知られた妖怪の一つであると言われております。「河童とはこういうものだ」というおぼろげながらも多くの共通認識でできあがっているからこそ、言葉として成り立っているのでありましょう。しかし河童は、現代にはこの地球上からは殆ど引き上げてしまっているのです。河童は、河童なりの魂の世界を持ち、いずれのときにか再びこの地球上に出てくる日を待っているのです。

人間達ももちろん、あの世つまり不滅の魂の世界、意識の世界を持っていて、この世にまた生まれて来るときを待っています。

しかし河童は、かつて人間世界に生まれて、人間と仲良く共存していた幾千年前とは異なり、約二〇〇〇年前頃より、人間とは不仲になってしまったのです。

河童が今人間界に出てこない理由を、卑近な例で申し上げると、日本人の祖先であるとも言われ出したアイヌの魂に宿るカムイの考えが、人間の魂から欠落してしまったためなのです。

我々日本人は、西洋のように一神教でないから、精神的に西洋人に劣るようなことを言われ、卑屈

な思いをしたことがあります。しかし河童に言わせると、何故河童が日本にだけ安住の地を見つけたかということを想起して貰いたいのです。

「八百万《やおよろず》の神々」と我々はよく申します。あらゆるものに神の意識が満ち満ちていると思っているからこそ、竈《かまど》の神様、水の神様、山の神様……と、限りない祈りと感謝を、事物を通じて捧げているのですが、それは日本人くらいでしょう。

これが、カムイから河童に至るまで「水の神」として日本人は祀りたくなる、我が国に伝統的に継承されている精神世界だと自負しております。

これが「神物一如」という一神教を越えた精神構造であると思っているのですが、そういう心が、昨今はすっかり失われつつあるのです。

64　量子力学について

神の作られたこの大宇宙には、底知れない真理の凝縮された地場が存在すると言います。

わずかばかりの肉体に付着している脳みそでは、とても理解するところまではいきませんが、流行りの量子力学によると、最近では「神仏一如」ではなく「神物一如」の感じがします。

神様がなまじ人間に少しばかり脳みそを多く与えたために、人間は多くのものを作り上げる技術を持ってしまったと神は嘆いています。人間は科学の名のもとに、いろいろと自分らに都合のいい物質を作り出し、快楽的になってきました。そして、宗教的、神秘的な世界観を疎かにしています。この両者の融合と理解は、脳みそでは理解できないのです。

量子の世界では、物質と精神は別々にあるものではなく、意識において融合しているのです。つまり言うなれば、「全ての物質は、いずれかのレベルで意識を備えている」のです。

それは、量子力学の仮説によると、この宇宙が量子真空＝０点場から生まれ、そこには宇宙の今までの全ての出来事が波動情報としてホノグラフィックに記録されているという。０点場から出発して、ピアニストであり哲学者のアーヴィン・ラズロ博士（一九三二〜）によると、Ａフィールドというところには、人間の想い、考え、言葉、出会い、出来事の全てをホログラムのように保存し、伝達する場所があり、そこは現在の我々に情報をもたらして、未来を準備させる特別な情報場だそうです。

今まで、過去の起こったことについて、道を究めた人達が語ることができるのは、この領域にコンタクトできるからであると言います。

また、時間や場所を超える記録の世界であるので、物事の原因と結果についても、神の世界は記録されます。どんなにウソで塗り固めても、ちゃんと記録されているというから、悪因と悪縁で悪果をもたらした者は、悔い改めの時間を、地獄で味わうことになるというのです。

人間には河童と同じくらいの、周囲と調和する程度の妖術を与えておくくらいにしておけばよかったと、神は嘆いていらっしゃいます。

その点河童には、現代の人間にあまりないカムイの感覚を感知する能力を、智慧の代わりに与えておいたのが幸いしています。

我々の周りに存在するさまざまな生き物や事象のうち、人間、ことに日本人にとって重要な働きをするもの、強い影響があるものをカムイと呼ぶようであります。

カムイはあらゆるところに存在していて、いつも自分達を見守っていると考えます。例えば、動植物や火、水、風、山、そして川などもカムイであり、カムイは衣食住に関わる全てのものを土産として人間の世界にやってきています。

簡単に言えば、全能なる神が、自分の存在を支えてくれるために作られたこの世界の万物への感謝の思いを基礎に、精神文化に磨きをかけた我が民族こそ、真の一神教と言えるでしょう。

このままでは、人間の世界はほどなく終わりを告げるでありましょう。人間は危険なものを作りすぎます。そもそも、原水爆等、悪魔の意志を持たない限り作れるものではありません。

最近の人間界でも、やっと量子の世界についての研究がされるようになりました。量子力学の世界から見ると、カムイはまだまだ初歩的なものに過ぎないでしょうけれども、日本では、精神構造において、ごく自然にこの世界を歩いていたように思います。

65 河童の医学界の情報について

河童も二本足で歩きますが、何せ陸に上がると躓いたりして、頭のお皿を傷めてしまうことがあります。

子供の頃から、河童の親から殊更にお皿に注意を促されているので、滅多に割れるほどの怪我はないのですが、最近の河童の外科医の話によると、お皿にひびが入って駆け込んでくる連中が多くなっていると言います。

また人間界の真似をして、金継ぎにしてくれなどと言ってくる罰当たりな輩もあるそうです。ただ、これは内緒の話でありますが、河童の古老から伝えられた話として、河童達は最近コガネムシから金を採取する方法を会得したため、昔は、人間界の金継ぎ職人を紹介していたが、金が割合に安く手に入るようになり、河童の世界でも金継ぎができるようになったそうです。

また、案山子のように片方の腕を強く引っ張られると、ずるずると、反対側の腕も抜けてしまう事故についても、河童界では、いちいち頭を下げて、腕を返して貰いに、人間に侘びに行かなくてもいいように、義手ができないかということで、河童の医学界あげての研究をしているようでありますが、まだ、神様がお許しくださらないと、長老が嘆いております。

66 遠野の「カッパ捕獲許可証」

「カッパを捕獲して、仲良く遠野テレビに行くと賞金一〇〇〇万円！」

　本当は遠野へお越しいただいた方のみ、「カッパ捕獲許可証」をお一人様十枚までの限定販売をしているようです。

　裏面には「捕獲七カ条」があり、カッパ捕獲の際の注意事項が書いてあると言います。許可期間は毎年四月一日から翌年三月三十一日までです。捕獲エリアは遠野・花巻・北上・平泉・奥州・一関だそうです。

　見事カッパを捕獲した場合の規約があると言います。生け捕りにして傷を付けないとか、餌は新鮮な野菜を与えるとか、殊に頭の皿を傷つけず、皿の中の水をこぼさないなど、七カ条を守らなければならないそうです。しかし遠野市観光協会も、毎年一〇〇〇万円の予算を計上しておかなければな

遠野市が発行している「カッパ捕獲許可証」（見本）

らないので、大変なことでしょう。

何よりも、河童の世界では、捕獲エリアだけには近づかないように厳重に注意をしているようです。

しかし遠野市観光協会も、カッパ達が来やすいように、カッパ専用野菜畑などを作っているという噂話も聞きます。

67　河童が人間に化けるとき何故歯朶《しだ》の葉を使うか

歯朶《しだ》は花や種がないことから、「霊草」と言われていたそうです。「霊草」とは、神仏の加護を受けられるめでたい草のことだそうです。
歯朶は元々、腹黒の人間と違って、葉の裏は真っ白で、清らかさ、縁起の良さ、長寿繁栄を意味する植物のため、神仏に好まれ、ことに神仏の加護を頂きたい場合に、過去において多くの武将の装具に使われておりました。
河童は、訳あって人間に化けるときに、この歯朶の葉をお皿の水で濡らし、心を込めて念ずることにより、一時的に人間となるのです。用事が済めば、また自然に河童に戻ります。
ところが、人間は本来清らかな魂を持っていますが、魂を悪魔に売ることによって心を鬼、畜生のように化けることもできます。しかし容姿は変わりません。何故でしょうか。河童のように容姿も変われれば、もっともっと、人間は騙されたり、苦しめられたりしなくて済むのですが。

でもご安心あれ、人間は一旦鬼のような心になったら、自然に元に戻るようにはならないのです。死んだ後の永遠の地獄での償いが待っています。これが嫌ならば、生きているうちに悔い改めると、減刑の対象になるようです。

何故なら、この世は心の修行所でもあるからだと河童が言っています。悔い改めをした者としなかった者との差は歴然としたものがあると河童は言います。何故分かるかと言うと。河童の死後の世界は、人間の冥途より、遥かに天上界に近いところにあるからだと、河童達が申しております。

68　悪さをする河童を人が憎まない理由

河童はよくイタズラをすると言われます。イタズラも「オイタ」程度で酌量の余地があるものや、悪意の感じられないものには、人間は河童を懲らしめた上で勘弁してあげます。河童は、それに甘えているところもありましょう。痛めつけられても、人は許してくれるものと信じております。ただ、必死に許しを乞い、許してもらえた代わりに人の助けになるようなお返しをすると言われております。
これは、我々が民話を通じて、人の道を言い伝えているということだと思います。人間ですから誤ったこともします。しかし、心から後悔し、逆に他のために尽くす心を良しとして、これを快く許

すという相互の心の持ち方を、笑いの中に納めているからだと思います。

69　カッパを食べたいお方へ

河童さんを食べてしまいたいと思うほど、愛しく感じるお方へ。

食べられるカッパが、実は身近にありました。私が知らないだけでした。牛のお腹の皮と脂身の間にある薄い赤みのお肉で、枝肉を吊している状態で、赤い部分がまるで雨合羽のように見えるから、カッパと言われるそうです。

そのままでは硬いので、薄く切ったりして食べるそうです。カッパスジとも言われ、煮込みにされたり、焼き肉屋さんなどで稀に召し上がれるそうです。

コリコリとした食感で、なかなかかみ切ることができないようで、お肉というより、珍味の方に入る部位だそうです。

カッパを召し上がりながら河童をカタルニヤ（語るには）、是非ともかっぱの故郷のエプロニア川の流域のテラ・アルタ特産品のワインを一緒にお楽しみあれ。これはかっぱの通う教会のおミサに使うワインでもありますよ。

70　日本の三大妖怪　天狗の巻

いろいろ説はありますが、日本の三大妖怪と言えば、河童、天狗、そして鬼が一般的でしょう。天狗は赤い顔、長い鼻、山伏の装束、一本歯の高下駄、羽根団扇を持って、翼があり、空中を自在に飛翔するとされる。人を魔道に導く魔物とされています。

奈良時代から、平地に住む人々が山を異界として怖れ、山岳地域で起こるさまざまな現象を、山に住む得体の知れないものの仕業と考えたのでしょう。そして山岳信仰による魔物として、それを天狗の仕業と考え出したものでしょう。

本来は、日食、月食の欠けを天の犬が食いついたせいであるという中国の面白い発想から「天の狗（＝犬）」という名称であったものでした。それが日本に伝播されるに及んで、唐から帰国した学僧の旻《みん》が、天候異変の雷や、巨大な流星を、これは天狗の仕業だと言ったということから、しばらくそのように伝承されていたのでした。

それが、平安時代になってから再び登場した天狗は山の妖怪と化し、語られるようになります。山岳信仰は呪術者、役小角《えんのおづぬ》（六三四～七〇六）より行われていました。

山伏の中で、名利を得んとする傲慢で我見の強い者が死後に転生し、妖怪の一種として天狗に生ま

れ変わったとされているものです。

あまり天狗は褒めるようなところはありません。また、天狗は化けないのです。何故って、自分より勝っているものはこの世にはいないと思っているからです。

『平家物語』では、「人にて人ならず、鳥にて鳥ならず、犬にて犬ならず、手足は人、かしらは犬、左右に羽根はえ、飛び歩くもの」とあります。

天狗は慢心の権化とされ、鼻が高いのはその象徴とも考えられています。これから転じて「天狗になる」と言えば自慢が高じている様を表すのです。彼等は総じて教えたがり魔であるようです。

天狗の妖怪伝説には、あまり人に好かれるような話は聞けません。超能力があることを自慢するということは、自然に備わったものでないという証拠でもあります。

71 鬼の巻

次に鬼にいきましょう。鬼というものは、只々排斥されるべき対象物のように思います。元々は中国で目に見えないもの、この世のものでないものという意味であったようです。死者の魂のこと、つまり死霊、物の怪を言ったもので「隠」が鬼の語源のように、見えない例のことでした。鬼籍とは、

見えない所というくらいの意味だったのでしょう。

「鬼に金棒」は、元々「鬼に金撮棒《かなさいぼう》」という言葉で、穢れや邪気を取り払う役目のもので、鬼を懲らしめるために使った、霊力を持った棒であったとのことです。日本には仏教とともに伝来したようです。

日本に入ってきて、目に見える鬼が誕生しました。赤鬼、青鬼は生前の悪事のために餓鬼道に落ち、地獄の底で苦しむ死霊になってしまいました。

しかし日本では、むしろ生きている人に鬼の名称を使うようになりました。常識ある人間の心を逸脱してしまった人のことを「鬼のような人」と表現するようになりました。また赤鬼、青鬼など非情なことをする者を物語に登場させました。多分、日本には、適切な言葉が当時はなかったのでしょう。

今日では、鬼という言葉とイメージが定着して、実際に人の姿をした妖怪鬼が、ずいぶんと町を闊歩するようになりました。食べても食べてもお腹が満たされないのは、欲を食べるからだそうです。この妖怪は、決して人を喜ばせることをしません。精神は、残酷無比の一言に尽きます。

ただし人前では、ことのほか、天使に化ける能力は絶品です。

72　河童の巻

どうでしょう、天狗にしても、鬼伝説にしても、何か殺伐としていませんか。

その点では河童は違います。こんなにも人々に愛されております。お店の屋号にしても、お菓子にしても、お酒にしても、通りの名前にしても、もう新たに「河童」と名前が付けられないほど、いろいろなものに使われております。

更に驚くではありませんか。人の雅号はもちろん、本名ですら「河童」さんになられたお方もいらっしゃるそうです。嬉しいじゃありませんか。

最近では、河童の大好きな「尻子玉」も人間の口に入るようになりました。ある商品に「尻子玉入り」と書いてありました。少々大きめではありましたが。

また、前述の遠野でいただける「カッパ捕獲許可証」は人気を集めているようですが、逆に、私は「河童捕獲禁止」の看板を出された方が、河童がたくさんいるようで面白いのではないかと思います。

ただし、鯉と同じように「餌」に尻子玉をお売りになってもよろしかろうと思いまして、お菓子のメーカーさんにお聞きしましたら、「公害になるだけ」と一笑に付されました。真面目なお方でした。悔しくなって、家に帰り、玄関先に留守番をしている我が家の河童に、皿に入れた尻子玉をあげました。

カッパのお皿に、近くに植えてある歯朶の葉が触れると、人間に化けてしまう恐れがあるために、注意をしていますが、もし人間に化けて私と話をするようになったら、どんな話をしようかと思案中です。

73　河童のイメージの広がりについて

今日、河童の世界を人間の世界に何の違和感もなく知らしめてくださったのは、他でもなく画家である本庄基晃、萩原光観画伯、漫画家の清水崑、小島功の各先生方のお陰であることは間違いありません。しかし、同じカッパと言っても、河童の世界に本当にこうも違いがあるのかと時々いぶかしく思ったこともあります。

しかし、河童の気質は、河童の世界でも言われているように、人間の世界では日本人にしか受け入れてもらえない共通のものがあったのだと思います。外国では受け入れてもらえない怪しげな部分を、あっさり懐中にし、溺愛する日本人に河童は感謝しています。

また、河童の世界も、受け入れの門戸を開けてくれたからにほかなりません。これからますます河童の世界と日本人が親戚づきあいができるよう、おおらかに楽しく交際していきたいと願っております。

参考文献

『河童』芥川龍之介著
『河童曼陀羅』火野葦平著
『失われた異星人クレイ「河童」の謎』飛鳥昭雄・三神たける著
『河童考』飯田道夫著
『河童の系譜』安藤操・清野文男著
『九州河童紀行』九州河童の会編
『河童アジア考　カッパは人か妖怪か』斎藤次男著
『燕山夜話』毎日新聞社訳・編　鄧拓著
『もう1人の自分「魂の賢者」を呼び覚ます』高橋佳子著

あとがき

河童は、日本古来の民話、妖怪伝説と融合して、ある程度観念が固定化するのには、鎖国政策が非常に役に立ったと思っています。その間に、段々と互いに溶解し、イメージも固まったのではないかと考えます。

私は、二十年ほど前から、遊び仲間に「かっぱだより」を押しつけ発行しておりました。それをこの度、新たに加筆した分と併せて、『河童異聞記』としてまとめさせて頂きました。

いつの間にか、何故か私の数少ない本棚に何となく河童が乗るようになりました。一冊というより一匹というような感じで増えて参りました。本棚に入れるというより、棚に腰掛けているという感じです。

いろいろな河童さんがいますが、みんな違うんです。でもみんな違わないんです。同じ河童なんです。人類と同じです。そして生きているんです。

私は、時々声を掛けて「遊ぼ」と言うのです。一緒に遊ぶ時間が多くなりました。

あれっ、いつの間にか「河童の思考」になって、読者諸君の脳裏を混乱させてしまいました。ご免なさい。

実は、この世界のことに触れますと、必ず、思考も河童世界の常識になるということは、二十年前から分かっておりました。

河童の数は、日本人の数とどっこいどっこいなんです。何故って河童を作ったのは、あなたなんですから。日本人が夢の中で、作ったペットですから。

いえいえ。私は作った覚えはありませんとおっしゃるお方、あなたの河童はあなたの近くにいる仲間が育てていますから、心配ご無用。きっとあなたに気に入られるように成長していますから、ご心配はいりません。あなたの作った河童さんもキュウリがお好きですよ。何故だか、あなたも「究理」がお好きなように。本文をご覧ください。

そして彼は、あなたの脳の中に住んでおります。お出かけ先はあなたの夢の中です。決してご迷惑はおかけいたしません。ご安心ください。

彼のもう一つの名前は、ある時は「川の心の菩提心」とも言います。ご要望に応じて、起きておられる時でもお呼びがあればあなたのおそばに行きますよ。

本文中に、河童は「そば」が好きと、暗示を掛けておきましたが、意味お分かりかしらね。

この本を、天国にいる西條絢子さんに捧げます。

尚、畏れながら最後に一言申し上げさせて頂きます。編集に当たり大変お世話になりました株式会社文芸社の吉澤茂氏は、実は「カッパ」界におけるお仲間でありました。それをいいことに編集に当たり、随分と甘えさせて頂きましたこと厚く御礼を申し上げます。

著者プロフィール

西條 登志郎（さいじょう としろう）

昭和８年生まれ。
東京都出身。
昭和31年、早稲田大学法学部卒業。
平成30年まで、社会保険労務士業。
趣味 人名等の読込詩作、カッパの研究。
著書『芭蕉のパッチワー句』（文芸社刊、2023年）

河童異聞記

2024年11月15日 初版第１刷発行

著 者 西條 登志郎
発行者 瓜谷 綱延
発行所 株式会社文芸社
〒160-0022 東京都新宿区新宿１－10－１
電話 03-5369-3060（代表）
03-5369-2299（販売）

印刷所 TOPPANクロレ株式会社

ISBN978-4-286-25653-5